喪服の情人

顔を覆ってすすり泣くルネを、静が背後から抱き締めて宥めた。

「嬉しかったんだ。あんたが入れられただけで達くほど感じてくれて」

喪《も》服《ふく》の情《じょう》人《じん》

高原《たかはら》いちか
ILLUSTRATION：東野《とうの》 海《うみ》

喪服の情人

LYNX ROMANCE

CONTENTS

007　喪服の情人

205　あなたの右で、ぼくの左で

239　絹服の妖精

256　あとがき

喪服の情人

それは、つめたく重苦しい雨が、音を立てて激しく降り込める夜のことだった。

「……来た……」

暗い部屋の中で顔を振り上げ、ルネは呟《つぶや》いた。その声に、古びた洋館の屋根を雨粒が叩く音が重なる。

ヘッドライトを光らせた車が、玄関前の車寄せをゆっくりと回り込んでくる。前栽《せんざい》の狭間《はざま》から漏れるその光が、滝のような雨粒と応接間の古びた窓ガラスに映《は》え、表面にとまる水滴を光らせた。

（あの男《ひと》が、来たんだ……）

ルネはくっと息を詰め、一度目を閉じて開き、ソファから立ち上がった。アンティークな家具の間をすり抜け、壁際に設けられた小さな祭壇《さいだん》に、そろりと近づく。

壁にかけられたオーバル型の古めかしい鏡の中を、一瞬、黒衣を着た青年の蒼褪《あおざ》めた顔がよぎった。

金色の短い巻き毛。夕闇色の瞳――今年二十九歳になるルネ・レオナール・ブランシュが、故国フランスからこの重苦しい雨の降る国に来て、もう五年になる。

「タロー……」

純白のクロスをかけ、肖像写真《ポートレイト》を飾り、大ぶりの花瓶《かびん》いっぱいに白ユリを活《い》けた、死者を悼《いた》む祭壇。

その前に置かれた、古めかしい花喰鳥文様《はなくいどりもんよう》の小箱を、ルネは両手で包むように持ち上げ、胸元に抱きしめた。

薄闇の中ですら艶《つや》やかに輝く黒い絹で仕立てられた、喪服の胸元に——。

「ごめんなさい、タロー——」

薄闇の中、低く響くすすり泣き。

これから、ぼくはあなたを裏切る。愛してくれた、愛していたあなた以外の男に抱かれる。あなたが愛したものを守るために——。

「許して」

小箱にキスをし、もう一度強く抱きしめてから、祭壇に丁寧に置いたその時。

リンゴーン……と古風な呼び鈴《りん》の音が、薄闇に沈む館じゅうに響き渡った。

ルネは唇を嚙《か》み、祭壇を離れて、玄関に向かった。そして激しく慄《おのの》きながら、古びてわずかにガタつく真鍮《しんちゅう》製のノブを回す。

キュイイ……と古びた軋《きし》みを上げて開いたドアの向こうに、たくましい長身の男が、重く湿った夜の闇を背負って立っていた。

——タロー……！

ルネは息を吞《の》みながら男の顔を凝視《ぎょうし》した。似ている。綾太郎《あやたろう》よりははるかに若いが、やはり似ている——。

すると男もまた、その力強い双眸《そうぼう》でルネを凝視してくる。黒衣に包まれた全身を目で舐《な》め回され、その突き刺さってくるかのような鋭さに耐えきれず、思わず目を逸《そ》らす。

「どうぞ……中へ」

惨《みじ》めなほど震える声で、ルネは男を促《うなが》した。男は大柄《おおがら》な体をひねり、ルネの横をすり抜けるようにして玄関内に入ってくる。

再び軋む音を立てて、ドアを閉ざす。照明のスイッチを入れ、振り向いて、明るい照明の光の下で男の顔を見れば、そこには彫像のような無表情があった。

その瞬間、ルネは思った。違う――と。

（タロージゃない……。この人はタロージゃない……）

ルネは自分でも安堵《あんど》なのか落胆《らくたん》なのかはっきりとわからない、混乱した感情の中で、さらに考える。

（タローはもっと、おしゃべり好きでよく笑う、温かい人だった。こんな冷たい表情をする人ではなかった――）

この人がタローに似ているのは、目鼻立ちだけだ。この男――逢沢静《あいざわしずか》は、タローこと鬼頭綾太郎《きとうあやたろう》とはまったく別人で、タローはもうこの世のどこにもいないのだ。その現実を、ルネは胸の奥深く呑み込んだ。

「静」

この仏頂面《ぶっちょうづら》の男には優雅で柔らかすぎる名だ、と心の隅で思いつつ、呼びかける。

「あの――何かお飲みになりますか？」

車を運転してきたようだが、今夜この家で過ごすのなら、少々アルコールを飲んでも大丈夫だろう。そんな気持ちでブランデーやウイスキーを陳列《ちんれつ》した棚《たな》にちらりと目をやったルネに、だが静は「いや」と短く告げる。

「それより――」

男の手が伸びてきて、ルネの二の腕を摑《つか》む。そのまま、息を呑む間も与えられず、胸元まで引き寄せられた。

腰の後ろにたくましい腕が巻きつく。

「……！」

見開いた目いっぱいに、男の顔が迫る。と思った瞬間、ルネの唇は熱い何かに塞《ふさ》がれていた。それが男の――静の唇だと気づいたのは、前歯の表面をねとりと舐められてからだ。「ううっ」と思わず呻《うめ》きを上げ、両手で突き放そうとした動きを、肋骨《ろっこつ》が軋るほどの力で抱きしめられ、封じられる。

「うっ、うっ……ううぅっ……」

強引なキスだった。蝶《ちょう》が花びらに触れるようにやさしかったタローのものとは、まったく違う――。

（熱い……！）

胴をひしぐほど力強い腕。体温の高さ。抱き込まれた胸板の硬さ――それらはすべて、ルネがこれまで味わったことのないものだった。その名を「若さ」と言う。

ざぁぁぁ……と雨が降っている。その音に、舌を吸われ、絡《から》められる生々しい水音が重なる。

「ん……んん……」

ルネは震えながら、それに従順に耐えた。しゃぶりつくそうとするかのような男の舌が口の中で蠢《うごめ》く感触を、薔薇色《ばらいろ》の唇を開いて懸命に受け入れる。

目尻が濡れ、滴《しずく》が垂《た》れる――。

その寸前に、男の舌が口から出て行った。意図的に、いやらしくずるりと引き抜く感触を頬の内に残して。

「……あっ……」

上がった声は、間髪容《かんはつい》れず首筋に吸いつかれてのものだ。男の唇はルネの柔肉を幾度も啄《ついば》んで、ついには襟を開いて鎖骨《さこつ》にまで這《は》い降りる。

巧みで、手慣れた愛撫《あいぶ》だった。肌を吸われる音と、男の鼻息が首筋をくすぐる。

「……あ……あ……」

ぞくぞくと震え、膝に力が入らなくなって、ルネはついに崩れ落ちるように男に寄りかかった。たくましく硬い腕がそれを支える。

「ここでするのか？」

男が訝《いぶか》しそうに問うのに、ルネは慌《あわ》てて首を振る。

「わたし、の、部屋で……」

「——あんたの部屋は？」

「に、二階の、階段を上がってすぐ右側の——」

「シャワーを浴びてこい」

突然男に、とん、と胸先を突き放された。乱暴ではなかったが、明らかに侮辱《ぶじょく》の意図を含む仕草だ。

「どれだけ浴びたか知らんが、香水がきつすぎる。洗い落としてこい」

「……っ」

「フランスではそれが粋《いき》なのかも知れんが、俺は抱いていて胸が悪くなるような匂いの奴を可愛《かわい》がるのは御免だ」

冷酷に告げるなり、男は二階への階段を上がり始める。しっかりとした体格の成人男子の体重に、古びた床板と手すりが、きぃ、きぃ、と音を立てた。やがてぎぃ、ばたん、と、部屋のドアを開いて閉じる音。

（……なんて男）

ルネは男に乱された襟元を掻《か》き合わせながら、ふらりとよろめいた。思わず、サイドボードの上に手を突き、膝から崩れかける体を肘で支える。

（あんなキスをしておいて——ぼくが感じた途端《とたん》、軽蔑《けいべつ》の目で見た。ぼくを侮辱した——）

ルネはか細い文学青年タイプで、いわゆる「激しい気性」とは縁のない性格だが、それでも、静の仕打ちにはじくじくと疼《うず》くような怒りを抱かずにいられなかった。こんな関係を持ちかけたのは自分のほうだとわかってはいたが、あの男だって、それに乗ってのこのことやってきたくせに――。

（いや――こんなことを考えている場合じゃない）

これ以外に、タローの愛したこの家を守る方法はない、と腹を括《くく》ったはずだ。これは自分で決めたことだ――しゅん、と鼻を鳴らして、ルネは無理に悔しさと恐怖感を飲み下した。

「体……もう一度洗わないと――」

自らの体を抱くようにして呟く。夕方に一度、髪から爪先まで念入りに洗い上げ、その時に香水をつけたのだ。決して浴びるほど使ったわけではないが、普段あまりフレグランス系のものを使う習慣のない日本人男性には、慣れずに鼻についたのかもしれない。

浴室に向かい、さらさらとしめやかな音を立てて衣服を脱ぐ。最高級の黒絹を使った、ややクラシカルな意匠《いしょう》のスーツは、喪服らしからぬほどに美しい仕立てだった。綾太郎の葬儀《そうぎ》以降、ルネはずっとこれを着ている。綾太郎が生前、自分に贈ってくれたこの服を――。

『――綺麗《きれい》だ。綺麗だよ、ルネ。わたしの愛しいルネ……』

その時、綾太郎はすでに死の床に就《つ》いていて、枕《まくら》の上で首を傍《かたわ》らに向けるのが精一杯だった。だが老いたその顔には、儚《はかな》げで、でもやさしい笑顔が浮かんでいて……。

ざぁぁ……と、湯の雨。

ルネは上を向いたまま、夕闇色の瞳を瞼《まぶた》で覆った。

――大丈夫。もう覚悟は決まった。もうたじろがない。泣いたり喚《わめ》いたりもしない……これは自分で決めたことだ。自分のほうから、彼に持ちかけた取り引きだ……。

蛇口をひねって、湯を止める。猫足の浴槽《よくそう》から出て、タイルの上で体を拭《ぬぐ》った。

そのまま下着を着けずにバスローブを着、浴室を出て、前を胸元で掻き合わせるような格好で、そろりそろりと階段を上がる。

雨の音は衰える気配を見せず、古びて傷《いた》んだ洋館を、重苦しく押し包んでいる――。

階段を登りつめると、二階部分にはドアが三枚見える。一番奥と、廊下を挟《はさ》んで右側と左側。右側のドアから灯火《あかり》が漏れているのを見て、ルネは一瞬、身を固くし、その前を通過して、一番奥の、もっとも豪華な両開きのドアの前に立った。

（タロー……）

ドアに額《ひたい》を押しつけて祈り、キスをし、踵《きびす》を返して、灯火のついた部屋にもどる。

ノックをし、返事を待って、軋むドアを開くと、そこには我が物顔でルネのベッドに横たわる男がいた。枕元のランプひとつが灯《とも》るだけの部屋は、隅々まで光が行き渡らず、仄暗《ほのぐら》い。

後ろ手にドアを閉ざすルネを見て、男が鼻先で嘲《あざ》けるような笑みを浮かべる。

横着《おうちゃく》に横たわったままの男に手招かれ、ルネはゆっくりと歩み寄った。ベッドの傍らまで来た時、がしりと腕を摑まれ、遠慮のない力で引き寄せられる。

「――ッ……！」

ベッドに引き倒される衝撃。もどかしげな男の手で、バスローブを剝《は》ぎ取られ、一気に裸体をさらされる。羞恥《しゅうち》を覚える間も与えられず、力のこもる両手に肩を鷲掴《わしづか》まれ、シーツに押しつけられた。

「――ルネ……」

その刹那《せつな》、かすかに、かろうじて聞き取れるほどの声で、静がルネの名を呟いた……ような気がした。

数秒、ルネは男の暗く光る目と、期せずして見つめ合った。その間も、陰鬱《いんうつ》な雨の音が響いていた。

「……抵抗、しないのか……？」

男の低い声が、雨音に混じる。ルネが思わず目を瞬《またた》いた瞬間、男はいくぶんはっきりとした声で言った。

「本気で、俺に抱かれる気か？」

「静……？」

今になって何を言うのだ、と戸惑《とまど》ったルネに、男は容赦《ようしゃ》のない鋭い声で言う。

「本気で、死んだじいさんのために、好きでもない男に抱かれる気か？　言っておくが俺はじいさんよりずっと若くて頑強なんだ。俺に火をつけたが最後……」

傲慢《ごうまん》な仕草で顎《あご》を取られ、くいと上向けられる。

「あんたは朝までいやらしい声で啼《な》き続ける羽目《はめ》になるぞ」

冷たく、抑揚《よくよう》のない、ぞっとするような脅《おど》しの効いた声――。

ルネは落ち着こうとする時のくせで、一度ゆっくりと瞬《まばた》きする。音を立てずに、息を深く吸って吐く。

「わたしが決めたことです」

そして男の目を見つめる。

「今夜からわたしは、あなたのもの。そう、自分で決めたのです。だから――」

だから、好きにしていい。

言外《げんがい》にそう告げると、男の唇から、はーっ、と長いため息が漏れた。

「わかった……」

嘆息《たんそく》の中に感じる軽蔑の気配が、ルネを傷つける。

無理もないことだ。ルネが今からしようとしていることは、紛《まぎ》れもない身売りなのだから。そして
この男は、いわば押し売りされたものを買わされようとしているのだから――。

「目を閉じろ」

静の抑制された命令口調に、ルネは素直に従う。

「あ……」

陰鬱な雨音に、もつれ合った体がシーツの上を這う、淫靡《いんび》な音が重なった――。

◇　◇

この世に葬儀にふさわしい天気などというものがあるとすれば、それは秋の日の穏《おだ》やかな晴天だろう。筆名・鬼頭綾太郎《きとうあやたろう》、通称タローの体が天に帰った日は、ちょうどそんな気候の、過ごしやすい一日だった。

「タロー……」

その葬儀の日、喪服姿のルネ・レオナール・ブランシュは、亡き恋人の祭壇の前で立ち尽くしていた。花瓶には故人が好きだったたいっぱいの白ユリ。火葬場から戻ったばかりの、故人の遺灰を詰めた花喰鳥文様の小箱。肖像写真の中では、長めの白髪を首の後ろで優雅に括った瀟洒《しょうしゃ》な老人が微笑《ほほえ》んでいる。若い頃はさぞやという気品ある顔立ちだが、ルネはその時代の綾太郎を知らない。

「……しかし、若い愛人だな。二十九歳だって？」

精進落としの膳《ぜん》を前にして、それほど多くはない参列者たちが、ひそひそと噂《うわさ》している。事情通ではない物言いからして、おそらく生前は交流のなかった親族だろう。

「男同士ってのもアレだが……死んだじいさんてのはいったいいくつだったんだ。フランスに渡ったのがうちのおふくろが嫁《よめ》に行く前だったと聞いたぞ……？」

「ちょうど古希《こき》（七十歳）だそうだ。愛人としちゃ三十前《アラサー》は別段ピチピチって年齢《とし》でもないが、まあじいさんから見りゃ孫くらいの若さではあるな」

――お盛んなこった。羨《うらや》ましい。できればあやかりたいもんだな。ただし女限定で――。

――いや男でも、あんなに綺麗なのとやりたいだけやってポックリ逝《い》ったんなら、じいさんも大往生ってもんだろうよ――。

嫌《いや》でも耳に入る野卑《やひ》な笑いに、耳を塞ぎたい衝動を、ルネはこらえた。蔑視《べっし》されるのは今に始まったことではない。男同士であることも、年齢差がありすぎることも、いつも卑俗な好奇心と噂話の的にされる。タローならば「言いたい奴には言わせておきなさい」と穏やかに、だがきっぱりと切り捨てたに違いない――と自分自身に言い聞かせた。

（あなたに出会って、ちょうど十年――）

ルネは回想する。その時、パリの出版社でアルバイトをしていたルネは、まだ大学生。ある日、その出版社の人から長くフランスに在住している日本人の老小説家を紹介され、アシスタントをしてみないかと誘われた。それがルネと、祖父のような年齢の恋人との出会いだった。

『ほう――綺麗な青年だ』

漆《うるし》のように艶のある黒い瞳で、紹介されたばかりのルネを見つめ、驚嘆したように呟く綾太郎こそ、ルネにはとても美しい人に見えた。癖《くせ》のない白銀の髪。貴族、いや王のような品位。深い知性と教養が滲《にじ》み出るような、慈愛に満ちた神秘的な雰囲気。

ルネはその日のうちにふたりで食事に行き、あまつさえ、離れがたい気持ちのまま、その老小説家と初めての夜を過ごしてしまった。

『わたしのような年寄りが、君のような若い人の体を欲しても、許されるだろうか……？』

含羞《がんしゅう》を帯びてそう訴える綾太郎の瞳に、ルネはほとんど魔法にかかったように頷《うなず》いた。

尻軽なほうではない——むしろ十九の年まで恋も知らなかった奥手のルネは、翌朝、綾太郎の隣で裸で目覚めた時、自分が出会ったばかりの、しかも祖父のような年齢の男と寝たという事実に愕然《がくぜん》としたものだ。まさか自分が、こんなことを——。

だが『後悔したかね？』と尋ねる綾太郎に、考えた末返した答えは否《ノン》だった。綾太郎の触れ方は巧みでありながらやさしく、ルネは素直に快感を得て悦《よろこ》び、湧《わ》き上がる恋心をもう否定することができなくなっていたからだ。

ルネは綾太郎に焦《こ》がれた。綾太郎もまた、若い恋人の情熱に、穏やかに応《こた》えてくれた。

ふたりはたちまち恋仲となり、周囲の驚愕《きょうがく》をよそに共に暮らし始めた。五年前、綾太郎が癌《がん》になり、もはやいくばくもない余生を故国で過ごすために日本への帰国を決めた時も、ルネは躊躇《ちゅうちょ》せずついてゆくことを決めたのだ。

そして、日本人の老人とフランス人の青年が歩んだ、少し変わった、だが幸せな恋路は、今幕を下ろそうとしている——。

（ぼくは、あなたの人生の、最後の十年しか一緒にいられなかったんだね……）

それを思うと、ルネはただ悲しい。傍《はた》から見れば、十年は決して短くない時間だ。あの時十九歳だった自分が、とうに成人し、来年には三十路《みそじ》を迎えようとしている。だが相愛の人と過ごす月日としては、十年は、決して充分ではない時間だ――。

もっと一緒にいたかった。百年でも共にいたかった。綾太郎がもっと若かったら――いいや、自分のほうこそが、もっと早く生まれ、綾太郎と同じくらいの老齢ならよかったのだ。そうすれば、今ここにいる自分は、それほど待たずして恋人のあとを追える身だっただろうに――。

ルネは滲む涙を拭った。あまりにやつれた、青白い顔を参列者の目にさらすのが嫌で、黒いオーガンジーのショールをベールのように顔の前に垂らす形に巻いているのだが、その姿は逆に、痛々しいまでの嘆《なげ》きようを参列者たちに伝えてくる。

「とにかくだ」

そのいたたまれない空気を破るかのように、場違いな男のダミ声が響いた。

「名義主のじいさんが死んだんなら、あの外人さんにゃ早急にこの屋敷を処分してもらわにゃならんな。もう何年も前から、報知器もスプリンクラーも設置しておらんのでは今の法律に適合せん言うて、消防署から指導されとるんだ。これだけ背の高い木造住宅が炎上でもした日にゃ、すぐ隣近所に飛び火しちまう。万一にも、うちに燃え移られたらたまらん」

酒が回っているのか、多少呂律《ろれつ》のあやしい口調でまくしたてる禿頭《とくとう》の男は、近隣に住む町内会長だ。隣席から妻らしき人が「あなた」とたしなめているが、会長は耳を貸すそぶりも見せない。折り目正しい人柄でもないくせに、近隣のゴミ出しや清掃のルールに異常にうるさく、秋冬ごとに庭の樹木から大量の落ち葉が出たり、台風シーズンのたびに屋根や壁の素材が剝がれて飛び散る旧逢沢邸のことも、これまで何かと目の仇《かたき》にしてきた。近隣住民からもうるさ型の老人として敬遠されている人物だ。

「まったく、何から何まで迷惑なじいさんだったわね」

これはまた別席で膳をぱくついている中年女性の声だ。

「そもそもこの屋敷が荒れ果てたのも、逢沢の家が左前になったのも、あのじいさんが家業も継がずに勝手にフランスへ行ってしまったからよ。じいさんが親の跡を継いで商売に精出してくれたら、今頃わたしらももうちょっと羽振りがよかったかもしれないのに、年食ってからあんな若い、しかも男の愛人をつれて帰ってきて、うちが管理してあげていた家にろくに挨拶《あいさつ》もなしに棲《す》みついて、今までふたりで好き放題――面の皮が厚いったらありゃしない！」

「ちょっと、お母さんそんな大きな声で――」

「構うもんですか。あんな外人、どうせ日本語だってそんなにわかりゃしないでしょうよ」

謗《そし》る声が続きの隣室のルネにも聞こえてくる。実際には翻訳家のルネは日本人以上に日本語を理解するのだが、わざわざ正しに行く気力は、今はない。

「……ムッシュ・ブランシュ」

見かねて背後から近づいてきたのは、綾太郎と生前交流の深かったある編集者だ。「あんなのは気にしないで」と慰《なぐさ》める声に、ルネは素直に頷く。

その時、不意にリンゴーン、と呼び鈴の音が響いた。火葬も済んだ今頃になって、誰だろう。首を傾《かし》げる風情《ふぜい》のルネを見て、気を利かせた編集者が「見てきます」と告げて玄関に向かった。おそらくこの時間まで仕事を抜けられなかった出版社の誰かだろう。だがほどなくして戻ってきた彼と共に現れた男を見て、ルネは息を呑んだ。

（……タロー……！）

まさか――と、声を上げかけ、口元を手で塞ぐ。

いや違う。タローがこんなに若いはずがない。でも似ている。鼻筋の通った、瀟洒な面差《おもざ》し。筆で引いたような凜々《りり》しく涼しい眉《まゆ》。一瞬、男の若い顔に綾太郎の老いた顔がだぶったほどに似通っている。

まさか綾太郎が若返った――？　若返って、生き返ってきた――？　そんな馬鹿な。でも……。

喪主としての挨拶も忘れて顔に見入るルネを、男はひどく不機嫌な表情で見返すと、その脇をすり抜けるようにして祭壇に向かった。キリスト教式ゆえ焼《しょう》香《こう》も線香もない祭壇を見回し、だがたいして戸惑う様子もなく、合掌をひとつ。

「まあ……あなた、静《しず》さんじゃないの」

さきほど、綾太郎をひどく誹謗《ひぼう》していた婦人が立ち上がって言った。

「珍しいわね、あなたがこんな場に顔を出すなんて」

男が振り向き、すっと目を細め、愛想など欠片《かけら》もない表情と声で、「久しぶりですね、叔母《おば》さん」と応えた。

「まさかあなたが来ているとは思いませんでしたよ。うちの祖母の時は、参列もせずに四十九日に形見の着物だけごっそり掻っ攫《さら》っていったあなたが」

あくまで慇懃《いんぎん》で、しかし氷のように鋭い非難に、さすがのふてぶてしい婦人が、満座の人々から白い視線を向けられて狼狽《うろた》える。

「で、でも、そうね」

婦人は誤魔化《ごまか》すように高く笑った。

「死んだじいさんの法定相続人は、孫のあなただけなんですものね。今後のお話し合いのためにも、顔を出さないわけにはいかないわよねぇ」

――えっ。

ルネは弾《はじ》かれたようにベールをたくし上げ、男の顔を直視した。この無表情な青年が、綾太郎の孫……？

「で、ですが亡くなられた先生は生涯独身でいらしたはず――」

親しくしていた編集者が戸惑った声を上げた。声には出さなかったが、彼も綾太郎が同性愛者だったことは知っている。もっとも、だからといって必ずしも妻子や孫がいないとは限らないが――。

（まさかタローに、ぼくの知らない子供が――？）

若い頃の綾太郎に、女性との関係があったのだろうか――と困惑顔のルネを、男は艶のある黒い瞳で凝視した。

「――あんたにはあとで説明する」

挨拶もなしの、いきなりの第一声がそれだった。

「だから時間を取ってくれ。いいな？」

傲慢で冷たい、命令口調。

ルネはわけもわからないまま、ベールをかぶった頭を、こくりと縦に振った。


葬儀の参列者はすべて引けて、応接間には斜めに夕日が差し込んでいる。

ルネはひとり居残った客に豆から挽《ひ》いたコーヒーを出した。葬儀の間に吸いがらが山盛りになったガラスの灰皿をきれいにして「よろしければどうぞ」とすすめてみたが、「俺は吸わん」とにべもなく拒絶された。

静、とはまた、ずいぶんと古風で床《ゆか》しい名前だ、とルネはカップを手にする男をまじまじと見ながら思った。この国には虚弱な子の健《すこ》やかな成長を願って、性別とは逆の名をつける慣習があるというが、見たところ静には、なよなよしいところは欠片もない。それだけに、女性的な名の印象が際立つ。

その、古めかしい名を持つ喪服の男は、応接間の古いソファに大柄な体を投げ出すように座っている。少し強面《こわもて》だが、整った顔立ちだ。タローはもう少し印象の柔らかい人だったが、あたりを払うような独立独歩の雰囲気が、亡き人と共通している。極薄のチャイナボーンを持つ手つきもさまになっていた。高級品に触れることに慣れている。きっと育ちもいいのだろう。

タローも若い頃は、もしかしてこんな感じだったのだろうか……と想像を巡らそうとした時、その男、逢沢静が口を開いた。

「孫と言っても、直接の血の繫《つな》がりはない」

あまりにいきなりだったので、ルネはとっさに、それが葬儀の際の話の続きだとわからなかった。回りくどい話法は好かない性質《たち》なのか、それとも、ルネとは用件以外の余計なおしゃべりをする気はないということなのか――。

「昔の話だが……跡取りだったじいさんが家業を放り出してフランスへ出奔《しゅっぽん》しちまったあと、とにかく誰かが逢沢の家を継がなきゃならないってことになってな。じいさんの妹の子だった俺の父親が、戸籍上だけじいさんの養子になったんだ。だからじいさんは、俺から見ればばあさんの兄貴で、大伯《おおお》父《じ》ってことになる」

なるほど、直系ではないが赤の他人でもないというわけだ。ルネは得心《とくしん》して頷いた。

「大伯父と大甥《おおおい》なら、そんなに遠縁というわけではないですね。あまりにタローにそっくりで、驚きました――」

すると男は一瞬、ひどく嫌そうな顔をした。

「養子縁組はじいさんも一応承知していたことなんだが――あんた、何も聞いていなかったのか？」

「聞いていません。タローには親族はいても、直系の肉親はもういないとばかり思っていました」

「そうか……」

男――逢沢静は、ルネが出したコーヒーに砂糖もミルクも入れないまま持ち上げ、すん、と匂いを嗅《か》いで呟いた。

「俺が聞いたところでは、じいさんは若い頃から家族制度ってものをえらく嫌っていたそうだ。養子とはいえ自分の戸籍に子がいるのさえ、本当は気にくわなかったのかもしれん。多分、逢沢の家のことなど、考えるのさえ嫌だったんだろう。俺が生まれたことを知らせた時も、何の返事もなかったそうだ」

「……」

そうか、それでタローはあれほど長く、一度も帰国せずにフランスに在住していたのか。それで頑《かたく》なに「逢沢」の姓も使わなかったのか――と、ルネは深く納得した。会話が家族のことに流れそうになると、いつも微妙に話題を逸らす癖には気づいていたから、何か事情があって血縁者とは縁が薄いのだろうと察してはいたけれども。

ルネは顔を上げた。

「ムッシュ・アイザワ」

「静、でいい」

「では、静――。あなたにお渡ししておきたいものがあります」

男が不審そうな顔をするのをよそに、ルネはソファから立ち上がり、古風なキャビネットの引き出しを引いた。通帳と印鑑を手に、応接間に戻る。

「これは――？」

「タローが残したお金、すべてです」

そう告げて、無表情な男の対面に座る。

「ぼく……わたしには所有権のないお金ですから……。どうぞ、これはあなたがお持ちになって下さい。手続きをすれば、正式にあなたのものになるはずです」

静は通帳を開き、そこに並ぶ金額を確かめて、まったく表情を変えずにまた閉じた。

キャリアは長いが、いわゆるベストセラー作家ではなかった綾太郎の経済力など、たかが知れている。遺産としてはたいした金額ではないだろうが、それにしてもお金が絡んでいるわりには、ずいぶん薄い反応だ。

（そんなに、ぼくのやることなすこと気に入らないんだろうか。やっぱり、祖父の愛人なんて、そんなものなのかな――）

そう思った時、静はふんと鼻を鳴らした。

「あんた、金はいらないって言うのか？　長いこと、あんな年寄りの愛人をやってやったのに？」

そんな話は信じられんな、と言いたげな声だ。ルネもさすがに苛立《いらだ》ちが湧く。この男は、ぼくを何だと思っているのだ。金目当てでタローの愛人をやっていたと思っているのなら、ひどい侮辱だ。

怒りを表しかけて、だがルネは首を左右に振った。

——いや、事情を知らない人からそう見られるのは、仕方のないことだ。それなりに名声のある年寄りと、若い愛人。金銭の絡んだ関係だろうと当て推量されるのは、今に始まったことじゃない。

この人の誤解を解かなくてはならない、とルネは思った。生前の縁は薄くても、とにかくこの人はタローの孫なのだから——。

「わたしには、翻訳家や通訳としての収入もありますし——タローとは、法的には赤の他人で、ただの同居人でしかありませんから」

その言葉にも、男の目は相変わらず冷たく、不信に満ちている。

「まあ、それだけ日本語が達者なら、遺産なんぞ当てにしなくても食ってはいけるだろうが……」

静は通帳をテーブルの上に置き、印鑑と共に、ずい、とルネのほうに押しやってくる。

「これはあんたがもらっておけ。じいさんの最期《さいご》を看取《みと》ってくれたことへの礼だ」

「静……？」

「遠慮はいらん。あとで親族がごちゃごちゃ言うようなら、手切れ金だとでも言っておけばいい。聞いたところじゃ、死んだじいさんは弁護士がいくら言っても遺言状も作ろうとしなかったそうじゃないか。それじゃ、血縁者じゃないあんたには、文字通り一銭も行かないことになる。無責任なじいさんが何を考えていたか知らんが、それはあんまりだろう」

「タローは財産の処理とか、そういう世俗的なことで頭を悩ませるのを嫌ったんです。無責任なのではなくて——ただ美しい世界だけを見て生きていたかった人なんです」

少年のように純粋な心を持つ人だったのだ――とルネは言ったのだが、静は馬鹿にしたように鼻を鳴らしただけだった。

「棺桶《かんおけ》に片足突っ込んだ年のくせに、若い愛人の将来の身の振り方の心配もしてやらなかったような男を庇《かば》うのか?」

「それは――!」

「いや、そう気色《けしき》ばむな。あんたの言いたいことはわかる。あんたがじいさんに尽くしてくれていたことは、俺も感謝しているんだ。それだけ若くて綺麗なのに、物好きな――とは思うがな」

――若くて綺麗。

ルネはどきりと胸が騒ぐのを感じた。この無表情で偏屈《へんくつ》そうな――いつもほがらかだったタローとは似ても似つかない――男が、賛美する口調ではないとはいえ、そう言った。ルネを、綺麗だと言った――。

ルネの動揺をよそに、静はやっとひと口、コーヒーを飲んだ。

「それより話し合わなくちゃならないのは、この家屋敷のことだ。ここは俺が相続し次第、取り壊すから、そのつもりで引っ越し先を探しておいて欲しい。三ヶ月後には明け渡してくれ」

「………えっ?」

高鳴る動悸《どうき》が、一気に引いた。静は傷みの目立つ天井を見上げ、そこに下がった骨董品《こっとうひん》のシャンデリアを冷ややかに見つめた。埃《ほこり》を払ってはあるが、もう照明としては役に立たないそれを。

「ここは過ぎ去った逢沢家の栄華の残骸《ざんがい》だ。逢沢商会はとうの昔に解体し、一族も離散して、おそらくこの葬儀を最後にもう集まることもないだろう。金持ちが競い合って洒落《しゃれ》た洋館を建てたこのあたりも、昔の家はあらかた建て直されて、今風のカジュアルな住宅地になってしまった。これ以上手をかけてここを保存する意味はない」

「そ……」

そんな、と絶句するルネに、男は続けた。

「まあ、さら地にするのにも結構金がかかるんだが、バブルの頃ならともかく、今日日《きょうび》は古い上物《うわもの》のある土地など売れんと言われてな。家具なんかは、一応骨董屋を呼んで見積もりを取らせるが——たぶん二束三文《にそくさんもん》だろう。ああ、あんたが形見分けに欲しいと言うなら、どれでも好きなのを持って行——」

「待って下さい！」

ルネはついに大声を上げて立ち上がった。

「待って下さい、ここはタローが……偉大な小説家、鬼頭綾太郎が生まれ育ち、そして最期を迎えた家なんです。それをあなたは——！」

静はルネを見上げて呆《あき》れたような表情になった。

「じいさんはそんなご大層な作家じゃなかっただろう」

「彼の価値を知る人が少なかっただけです！」

ルネは叫んだ。十年前、日本語の勉強のためにもと鬼頭綾太郎の作品を初めて読んだ。その日その時から、彼の作品を、時には彼以上に愛してきた。翻訳者になったのも、年上の恋人の、妖美と、消えゆくものたちへの愛に満ちた作品世界を、多くの人に知ってもらいたいと思ったからだ。

長く暮らしたフランスでは、タローは異国情緒《じょうちょ》あふれる世界を描く作家として、一定の評価があった。だがこの日本では、ほぼ無名のまま死んでしまった――。

「だからわたしは、これから生涯かけてこの国でタローの偉大さを広める仕事をしようと思っているんです。そのためには、どうしてもこの家を保存しなくてはならない。ここは、彼の作品世界の基礎となった家なのですから――」

懐古主義的《レトロチック》な仄暗さ。滅びの美。古い屋敷を徘徊《はいかい》する、妖《あや》しのものの気配――。

それらはすべて、この家で暮らした幼少期に綾太郎の心に刻まれたものだ。この旧逢沢邸は、その作品群と並んで、鬼頭綾太郎の世界を形成する両輪なのだ。

「お願いです静、あなたのおじいさまはただの我儘《わがまま》勝手なお年寄りではない。本当に偉大な方だったんです。その仕事の価値はこれから必ず世間に知られるようになる。あなたもいずれはきっと、おじいさまを誇りに思うようになる！　その時になって、タローの生前の面影をしのぶよすがである屋敷はもうない、などということになっては、悔やんでも悔やみきれない。ですから今はきちんと保存して、時が来れば資料館か記念館に整備しなくては――！」

「落ち着け、ムッシュ・ブランシュ」

「ルネで結構です」

「では——ルネ」

静は容赦のなさを滲ませた厳しい目でルネを見る。

「あんたのじいさんへの心酔《しんすい》ぶりはわかったが、もう少し現実的にものを考えたほうがいい。今現在無名のじいさんの評価が、今後そう劇的に高まる可能性はほとんどないだろう。あんたもまだ若いんだ。じいさんのことは忘れて……」

「嫌です！」

ルネはばんとテーブルに手を突く。

「タローを忘れることなんてできない。人に何と言われようといい。ぼく——わたしは、彼を愛していたし、今も彼の偉大さを信じています。それは生涯変わらない。だから、この家だけは、どうしても守りたいんです……！」

「ルネ」

短く名を呼ばれて、ルネは黙らされてしまった。その呼び方が、綾太郎のそれに似ていたからだ。深い響きの、直接心の奥底に食い込んでくるような声——。

だが続いた言葉は、綾太郎が口にするはずもない、夢も希望もないものだった。

「悪いが、あんたがいくら守りたいと言っても、法定相続者は俺で、この家屋敷をどうするかは俺の胸ひとつなんだ。そして俺は死んだじいさんも、じいさんの美しい世界とやらにも興味はない。俺の頭にあるのは、この家屋敷と土地をさっさと始末しないと、余計な税金を払わされるってことだけだ。俺も店がそこそこ成功しているから、貧乏しているわけじゃないが、雇《やと》っている人間に給料を払わなくちゃならない身で、金がありあまってるわけでもない。相続税だけでも頭が痛いのに、この上一銭の儲《もう》けも出ない土地から固定資産税をがっぽり持って行かれるのは御免だ」

「——ッ、静……！」

静の声は、容赦のない厳しい響きを持っていた。夢想の世界を滔々《とうとう》と語るのが常だった綾太郎に似た声が、無味乾燥な現実世界のことを語っている。そのことに、ルネは言い知れない寂しさを感じた。

（——ああ、この人はタローじゃない。こんなに似ているのに、タローではないんだ。あの人の美しいものを愛する純真な心は、もうどこにもないんだ……）

静が間違っているわけではない。人が死ねば、生きている親族がその財産の整理や始末をするのは当然のことだ。世間から見れば、世俗的なことを一切拒否したまま死んだ綾太郎のほうが非常識だったことも、ルネは理解している。だが……。

（タロー……！）

死んだ恋人が恋しかった。古びて滅んでゆく屋敷の中での、ふたりきりの、誰にも邪魔されない、美しい日々の思い出。ただ、それが愛しかった。それを守りたかった。それが失われた時、タローは再び死ぬ。この世に残されたタローの美しさ、その魂《たましい》までもが死んでしまう……。

「ルネ？」

言葉を失って俯《うつむ》いてしまったルネに、静が問いかけてくる。

「――泣いているのか？」

男が身を乗り出してくる。髪に触れようとでもしたのだろうか。伸びてきたその手を、ルネはとっさに摑んだ。

がしゃん――と、テーブルの上のコーヒーカップが揺らぐ。

ルネは息を止めて、静に口づけた。男の腕を引き寄せ、ルネのほうから唇を奪った。

テーブルの上からカップとソーサーが落ち、床で砕ける音がする。

――しまった。タローが気に入っていた品なのに……。

男に口づけながら、なぜかルネはそんなことを、平静な気持ちで考えていた。錯乱《さくらん》に陥《おちい》らないように、自己防衛と現実逃避のスイッチが入ったのかもしれない――。

その時、どん、と突き放され、ルネはソファに腰から倒れ込んだ。

「何のつもりだ！」

立ち尽くしたままの静が、きつく眉を寄せた顔で、ぐいと口元を拭いつつ叫ぶ。

「俺を誘惑して……！　機嫌を取って、身売りでもしようと言うのか！」

ひどい怒りようだった。無理もない。ルネのしたことは、紛れもない侮辱だ。誘惑すれば、簡単に乗ってくるに違いない――と、静の人柄を見くびったのだから。だがルネももう、退くことはできない。タローの面影を守るためなら、どんなに恥知らずなことでもする――。

「あなたがそれで、ここを壊すことを思い留まってくれるなら――」

せいぜいふてぶてしく振る舞ったつもりが、体が震えてたまらなかった。覚悟はあったはずなのに、ぼくを好きにしてくれていい――というひと言が、どうしても喉から出てこない。

「……ッ……！」

仁王《におう》立ちしたまま、しばらくは声も出ないほど激怒していた静は、だがそんなルネの顔を見て、無理に怒りを押し込めた。二度三度深呼吸をして、ひとつ訊《き》くが、と呟く。

「――俺が同性愛者《ゲイ》だと、なぜわかった」

いきなり同性から誘惑されれば、当然抱く疑問だ。それらしいそぶりを見せたか？　という問いに、ルネは首を左右に振る。

「親族の女性たちへの態度が、必要以上に冷たかったので、何となくそうではないかと――。タローもそうでしたから」

「これならつけ込める、と思ったわけか」

「――っ」

切りつけてくるような声音《こわね》に、ルネは言葉に詰まった。それは否定できない。

――卑劣な奴め……と、思われてしまった……。

この男に軽蔑されてしまった。そのつらさを、ルネは無理に呑み込んだ。

「静、ぼくと取り引きをして下さい」

立ち上がり、夕闇色の双眸で男を正面から見つめる。「取り引き？」と胡散《うさん》臭げに返されて、小さく、だが深く傷つきつつも、続ける。

「ぼくをあなたの愛人として、この家に住まわせて欲しいんです」

「――愛人だと……？」

鋭い目に、びくり、と震える。続きを切り出すには、渾身《こんしん》の勇気が必要だった。

「も、もちろん生活費は自分で稼ぎますし、もし屋敷に補修が必要な箇所が出たら、ぼくが費用を出します。それに少しずつお支払いして、いずれはここを買い取りますから――ですから、それまでの間は……」

「保管費用を体で払うと言うのか？」

唾棄《だき》せんばかりの声で問われ、心の痛みに耐えながら、こくり……と頷く。

これはいわば愛人契約だ。今しがたタローを愛していると明言した口先も乾かぬうちに、こんな淫《みだ》らな、しかも虫のいいことを自分からもちかけては、どんなに軽蔑されても仕方がない。だが、これ以外に方法はない。迫りくる現実の力から、タローの残した夢と幻想の世界を守るためには――。

陽《ひ》はすでに地に落ちようとしていた。最後の残滓《ざんし》のようなオレンジ色の光が、ステンドグラスをはめた窓から差してくる。

その光に染まりながら、喪服のふたりは対峙《たいじ》した。コッツコッツと、古い柱時計の秒針が進む音が響く――。

不意に、静が手を差し伸べてきた。その手はまっすぐにルネの顎先に向かい、くい、と顔を持ち上げる。

「――いいだろう」

静は言った。これ以上冷たい目はないだろうと思うほどに凍った視線で、ルネをねめつけながら。

「そこまでしてじいさんの家を残したいという必死さに免じて、あんたを買ってやる」

この顔と体をな――と呟いた男の唇が、ルネのそれに重なってくる。

夕日の差す応接間で、弔《とむら》いの白ユリの香りに包まれながら、ルネは静と、熱情のない口づけを交わした。

◇　◇

静がシーツの上に膝立ちし、ばさばさと豪快に服を脱いでいる。

その様子を、すでに全裸のルネは薄闇の中に横たわり、目を瞠《みは》って見ている――。

シルエットだけでも、若くはりつめていることがわかる体だった。どちらかと言えば肉付きは薄く、筋骨隆々《きんこつりゅうりゅう》という印象はないが、すらりとして、余計な脂肪も贅肉《ぜいにく》もない。

（……タローも、年齢のわりにはすっきりした体つきだったけれど――）

やはりこの男は、ルネの知らないタローの若い時代に似ているのではないか。ふとそんなことを思った時、全裸の男が体の両脇に手を突いてきた。

もう、覚悟はいいかとは問うてこない。無言でルネの二の腕を掴み、組み敷いて、互いに素裸の体を重ねてくる。

「……ッ……」

タローよりも熱い肌。一瞬、触れた部分が焼けつくかと思うほどの――。

重苦しい雨の音。屋根を叩く一粒一粒が、ひどく大きいのが音だけでわかる。

熱の高い唇が、肌を滑り始める。

「――ッ……」

それだけで悲鳴を放ちそうになってしまい、ルネは息を詰めた。男はさらに唇で首筋を辿《たど》り、舌先で喉仏を舐めて、鎖骨を軽く食《は》む。その感触のひとつひとつに、ルネはびくびくと肌を震わせた。高慢な印象とは裏腹の、羽毛で触れられるような、細やかなタッチ――。

「あ……っ」

こらえていた声が、たまらず上がったのは、左の乳首を唇で挟まれながら引かれた時だ。男の唇が、乳首を嚙んだまま、にや……と笑ったような気がする。淫らな奴め――と思われたかもしれない。ルネはカッと上気し、悔しさと恥ずかしさに唇を嚙んだ。この男に感じるなんて――タロー以外の男に感じるなんて……！

「綺麗な肌だな」

不意に男が言った。

「赤ん坊のように滑《なめ》らかな絹の感触――なのに、体は熟《う》れて感じやすい。死んだじいさんは、ずいぶんあんたを可愛がって、じっくりと開発したようだな」

「……やめて」

ルネは喘《あえ》ぎながら懇願《こんがん》した。

「タローのことは、言わないで……」

亡き恋人を裏切っていることなど、今は考えたくない。そんな思いで首を振ったルネを、男は吐息《といき》で嘲笑《ちょうしょう》した。

「俺を見ろ、ルネ」

ぐいっと摑まれた両肩をきつくシーツに押しつけられ、視線を男に向けることを強要される。

「今、あんたが抱かれているのは誰だ？」

「……っ」

「答えろ、誰だ？」

ぎりっ、と肩の骨が軋む痛み。

「あ……あなた、です――……」

「俺の名は？」

「逢沢――逢沢静」

「俺と寝たいと言ったのは誰だ？」

男は執拗《しつよう》に、言葉の責めを続けようとする。耐え兼ねて顔を逸らすルネの目を、だが静は頤《おとがい》を摑んで引き戻した。

「言え、俺の愛人になると言い出したのは、誰だ？」

「ぼ……わたし、です……！」

「そうだ、俺とこうなったのは――あんたが自分で決めたことだ」

ナイフの切っ先で、ひと言ひと言をルネの胸に刻み込むように、静は言った。

「あんたは、自分の意思で、自分の口で――俺のものになると言ったんだ」

「……」

「そのことを、よく覚えておけ。忘れるな、ルネ」

「静――」

「じいさんのためだとか、この家を守るために仕方なくとか――都合よく現実から目を逸らして、自分がじいさんを裏切った事実を忘れたふりをするな」

ひゅっ、とルネは息が止まる思いだった。男はルネの喉元に、喪も明けないうちに別の男を引き入れた恋人への裏切りを、刃のように突きつけてくる。そしてその切っ先を、ぎりぎりとルネの喉首に突き込んでくるのだ。

男の容赦なさに、絞められてもいない喉が、くふんと苦しく鳴る。

「や、あっ……」

ナイフのような喉元へのキスに、ルネは身を捩《よじ》ってもがく。

――怖い……。

この男が、怖い。激しい雨の音を聞きながら、ルネは思った。

この男は、何かとてつもなく怖ろしいものを、その内に秘めている。キスされるたび、何かを問われるたびに、それが伝わってくる。何か――ねっとりと濃い、魔のような……昏《くら》い情念のようなものを。

そしてそれは今、ルネへの憎しみや加虐心《かぎゃくしん》となって、この男の内から滲み出しているのだ。おそらく、タローを深く愛しながら、簡単に他の男に体を投げ出そうとするルネの性悪さと、自分がその獲物に選ばれたことの双方が、癪《しゃく》に障《さわ》ったのだろう。

——何をされるかわからない。

脅しではなく、本当に朝まで泣き喚かされるかもしれない。今さらながらに、ルネは怯《おび》えた。だが、その怯えが逆にルネから抵抗する気力を奪ってしまった。蛇《へび》に睨《にら》まれた蛙《かえる》のように、ルネは強張《こわば》る体を静の腕に委《ゆだ》ねた——。

男がその息遣《いきづか》いと共にルネの上を這い回り、夜が深まってゆく——。

「あ、ああっ……！」

ルネの下腹までずり下がった静が、臍《へそ》のくぼみの真下に口づける。男の吐息と唇を感じるたびに、なだらかに肉の削《そ》げた腹がひくんひくんと震えた。

「敏感だな。まだ一番感じるところまで行っていないのに」

震えて力の入っていないルネの手に髪を掴まれながら、静が苦笑を漏らす。

「あのじいさん、よっぽどねちっこくあんたを開発したらしいな。どこに触れてもいい反応をする」

「しず……っ、あ、ああああ……！」

「これを俺専用に調教し直すのは、骨が折れそうだ」

調教——という言葉に、ルネが思わずはっと息を呑んだ瞬間、いきなり、むずと性器を掴まれて、性急にしゃぶりつかれた。尻が浮くほど跳ね上がる腰を、静が無理に押さえつける。

「ひあっ、ああっ、いやぁ、やめて！」

腰を押さえられた分、背筋が弓なりに反る。痙攣《けいれん》が止まらない。細身のルネといえども完全に押さえつけるのは難しいはずだ。だが静は、びくともしない。ルネの性器を両手で掴んで、先端をきつく吸い上げる。

射精感が湧き上がる。いや違う。湧き上がるのではない。無理に引きずり出されるのだ。このままではすぐに、男の手か顔にかけてしまう。そんなことになったら――！

「駄目……っ」

ルネは羞恥に悶《もだ》え、涙声で懇願した。

「駄目、静、離して静……！　お願い、お願いだから……っ」

それでも、静はなかなか離そうとしない。ルネの懇願がすすり泣きになってようやく、可愛い痴態《ちたい》をたっぷり愉《たの》しませてもらった――と言いたげに微笑《びしょう》しながら口を離し、最後に先端に不意打ちのキスを浴びせてくる。

「う」

ひくん……と尻が浮く。

はぁ、はぁ……と、追いつめられた衝撃と、放り出された疼きに息を荒げるルネの頬に、涙の流れた痕《あと》が光る。「なんてひと……」と怨《うら》み言を漏らす唇を、闇の中から静が凝視した。

「手を突いて、四つん這いになれ」

「――ッ」

「早くしろ」

喉を引きつらせるルネに、冷酷な命令が下る。ルネはのろのろと体を起こし、躊躇しつつもそれに従った。

屈辱で、体が震えた。命じられて、男の手に自ら腰を差し出す。これが、辱《はずかし》めでなくて何だろう――。

背後から、男の手が伸びてくる。左右の尻を鷲摑まれ、容赦なく狭間《はざま》を広げられた。じっと見つめられる気配に、唇を嚙む。いっそ舌を嚙んでしまいたい――と思った時、ぬるりとした感触が窄《すぼ》まりを走った。

舐められたのだ――とわかった。

「ひ……」

ありえないことに、ぴちゃぴちゃ……と淫らな水音が続く。闇を徘徊する妖魔が、舌を使うような音――。

「あ……あ……」

恐怖と同じく、羞恥も過ぎれば身動きが取れなくなるのだと、ルネは思い知った。

うるおいとぬめりを与えられたそこに、つぷ……と指先が入る。

「――……？」

静の、首を傾げる気配。

「あんた、もしかして……」

男の体が、背の上に密着してきた。そして耳にぬるい湯を注ぎ込まれるように、囁《ささや》きをひとつ。

「ここ……ヴァージンなのか……？」

「……っ……」

その通りだった。亡き綾太郎とは数えきれないほど体を重ねたが、彼は一度もルネの中に入ろうとしなかったのだ。

「は」

静が失笑を漏らす。

「じいさんは勃《た》たなかったのか――」

嘲弄《ちょうろう》する口調で呟く静に、

「違いますっ……」

ルネは這わされたまま、男を顧《かえり》みて言った。

「タローはわたしを、女性のように扱うのを嫌がっただけです！」

ルネは思い出す。どうか好きにして下さい、と羞恥をこらえて告げた時の、タローの顔を。

『ルネ、わたしはお前を、女の代わりとして欲したわけではないのだよ』

『それに、お前に苦痛を押しつけてまで、肉の悦びが欲しいとは思わない』

穏やかに、だが毅然《きぜん》と言い切るタローの声と表情は、今もルネの脳裏《のうり》に焼きついている。それを嘲笑する者は、誰であろうと許さない――……。

「ルネ」

静はルネの顎を背後からきつく摑んで告げた。

目が、ルネの顔の真横で、ぎらり――と光っている。

「いいか、俺の前で――今後一切、じいさんのことで感情的になるな」

「……ッ……！」

「二度と、俺とじいさんを比べるな」

「静……っ」

「俺は俺のやり方で、あんたを抱く」

その宣告と同時に、ぐいっ――と、指がめり込んでくる。慣れない感触に、ルネは高く悲鳴を上げかけ、かろうじてそれを呑み込んだ。この男に弱みを見せるのは、誇りが許さない。自らの手の甲を嚙んでこらえるルネを見て、静はくすりと鼻先で笑った。

「そんなに固くなっていると、余計につらいぞ」

「……っ……」

「そう身構えるな」

やさしくしてやるから――と、思いがけず物柔らかな声が囁いた……ような気がする。

「あ、あ、ぅ……う、うう…………ん……！」

男の指が、慣れた手つきでルネの入り口を解きほぐしてゆく。幾度も出入りし、中を探り、ルネが惨めに嬌声《きょうせい》を上げる箇所を見つけては、指先で弾く。

「や……」

やめて、と喉が震える。指を増やされる衝撃に、ひっ、と声が漏れる。股の間から垂れた性器から、だらだらと粘液《ねんえき》が零れ落ちるのが止まらない――。

「う、う……」

いつの間にか、口元が唾液《だえき》で濡れていた。手負いの獣《けもの》のように、舌を出して喘いでいたからだ。

ふっ、と男の熱が離れた。

そして気がつけば、独特の青い匂いを立てるものが、顔の前に突き出されていた。

「舐めろ」

静の声が、頭上高くから命じてくる。

「あんたの中に入る前に、たっぷり濡らしておくんだ。そうすれば」

「――ッ……！」

「……少しは楽になるはずだ」

それがヴァージンを散らされる者への、せめてもの情けとでも言うのか。

怨みを込めた目で闇の中にいる男を見上げたルネの頭を、男の手が不意に摑んで、股間に引き寄せる。

「うぐ……！」

喉奥を突かれるかと、体が竦《すく》む。だが口中に捩《ね》じ込まれたものは、その寸前で止まった。

「さあ」

男がルネの頭を摑んだまま言う。

「吸うなりしゃぶるなり、好きなようにしろ」

「……」

「嚙み切られるのだけは、御免だがな」

揶揄《やゆ》するように言われて、一瞬、本当にそうしてやろうかと考える。

だがルネは大人しく夕闇色の目を閉じた。今は何も考える必要はなかった。この男がどんなにひどい男でも、自分は彼に身を売ると決めたのだから――。

ちゅっ、ちゅ……と、吸い音が立つ。子猫が立てるような可愛らしい音に、止む気配もない雨の音が重なる。

「んっ、んんっ……」

手を突いて這った体を自ら前後に揺すりながら、ルネは男のものを口でしごいた。それはまるで一個の生き物のように、口の中でむくむくと成長してゆく――。

（これを受け入れるのか――）

空恐ろしさに、思わず身震いした時、髪を摑まれ、口中のものから引き剝がされた。

「もういい」

不機嫌な声――。

「上手すぎだ」

まるでルネを非難するような声音だった。ルネの舌技は挿入を嫌うタローとの行為によって、経験を積み、鍛えられている。それを察知して、嫌悪感を抱いたのかもしれない。

「はしたない口にはもう用はない。ヴァージンのほうを寄越せ」

もう、何を考える気力もなかった。命じられて、犬のように手を突いたまま、男に背を向ける。

そのまま、腰骨の左右を摑まれ、膝をにじり寄せてくる男に引き寄せられて――。

「う」

獣の姿で繋がるふたりの青年を、暗い窓明かりがシルエットのように照らし出した――。


「あ、う、あ、あ、う……！」

ぎしっ、ぎしっ、と古びたベッドが軋る。男が硬く充溢《じゅういつ》したもので後ろから突き上げてくるたびに、四つん這い姿で手を突いたルネの金髪が振り乱される。

もうどのくらい、こうしているだろう――？　ルネは悩乱《のうらん》しながら頭の端で考える。男のものでみっしりと中を詰められて、際限もなく往復され、もうやめてくれと哀願してても解放してもらえず、ただシーツを引き摑んで男の熱さに耐えている。腹の奥に行き場のない熱が溜まり、時折、男の手が促した時だけ、それを放出することが許される。

それなのにルネは、その耐える苦しさに乱れ、倒錯し始めている――。

（苦しいのに――……！　こんなに、されて、たまらなく悔しいのに……っ！）

挿入は初体験のルネは、自分の反応に当惑するばかりだった。男に入れられて、犯される。最初は苦痛と屈辱だけしか感じなかったそれに、今は両の乳首を尖《とが》らせ、硬く勃起して、獣のように反応している自分がいる――。

「い、やだ――……！　もう、やめてっ……！」

ルネは頭を振って懇願した。これ以上されたら、本当にどうにかなってしまう。組み敷かれる屈辱感が、逆に体の仄暗い芯から、焦げつくほどに強烈な快楽を引きずり出してくる。やめて、と懇願しながら腰を振るその姿は、淫乱そのものだ。脳髄《のうずい》が痺《しび》れて、どろどろと濃い闇の中に投げ込まれ、めちゃくちゃに揉《も》まれて、もう何もわからない……。

どこまでも陰鬱な雨の音。蒸れたような室内の空気。男と深く番《つが》ったまま、びくびくと震える細い肢体《したい》――。

「ああ……！」

美しい背のラインが、反る。その腰を、男が一層深く引き寄せて、突く。

「ア――――ッ…………！」

ルネは自らも極めながら、男の精を受けて、高く澄んだ声を放った。

天上へ引き上げられるようにも、逆に奈落《ならく》へ突き落とされるようにも感じる浮遊感に、意識が一瞬、真っ白に塗りつぶされる――。

「あ、あ、あ……」

がくがくと揺さぶられて、痺れ切った脳髄から、さらに快感の残滓が搾《しぼ》り取られる。

天を仰《あお》ぐ姿勢で震えるように体を痙攣させたルネは、男の手の支えを外されてがくりと崩れ落ちた。

ルネの体内で熱く熟された男のものが、白濁《はくだく》した粘液の糸を引いて出てゆく。

「――…………！」

喉が焼けつき、声も出ない。白い体を投げ出したままのルネを、男の執拗な目がじっと見降ろしている――。

「ルネ」

さらっ……と髪を撫《な》でられた。

まるで慰めるように。

「……っ……」

涙が湧き上がる。

「……タロー……！」

ひくっ、としゃくり上げながら、ルネは自覚せずに声を漏らしていた。両手で顔を隠して、喘ぎ泣く。

「タロー……!」

ごめんなさい。

ルネの心を、亡き恋人への罪悪感が満たした。ごめんなさい、ごめんなさいタロー。ぼくは……ぼくは今、言い訳のしようもないほど、あなたを裏切ってしまった。あなた以外の男に感じて、絶頂感に呑み込まれてしまった――。

突然、乱暴に両手首を握られた。顔を隠す手を引き剝がされたその目の前に、静の顔がある。

険しい目が、闇よりも黒い――。

ひっ、と息を呑む。

(殴られる――!)

そう覚悟した瞬間、ルネは上半身を温かなもので包まれた。ぎゅっと力を込められて、初めてそれが男の腕と胸だとわかる。

「ルネ」

耳元で囁く、深い声――。

「ルネ、泣くな」

亡き人に似た、だが亡き人よりもずっと若い声。そして、亡き人がしたのとそっくり同じ仕草で、愛しむように背を撫でる手。

「泣かないでくれ、ルネ……」

慰められている――。

この男は、自分を慰めようとしている。自分にやさしくしようとしている。

そうと悟って、ルネはひどく戸惑った。驚いたとも、胸を突かれたとも言い表わせない衝動に、体がひくりと動く。

「し……」

静。

呼び返そうとした名は、嗄《か》れた喉のせいで、声にならずに消えてしまった。

(静――)

心の中で男の名を呼びながら、ルネは目を閉じた。そして大人しく、その腕に身を委ねる。

重い雨が、なおも古びた屋根を叩いていた。

◇　◇

「ん……」

差し込む朝日のまばゆい輝きに、目を覚ます。

半開きのカーテンの隙間《すきま》から見えるのは、昨夜《ゆうべ》の大雨がうそのような青天だった。

のろのろと、腕を動かす。

「ん……ふ……」

体が、水を吸った綿のようだ。

シーツにくったりと伏したまま、動けない。指一本動かすのに全力が必要だった。

それでも何とか周囲の気配を探ってみれば、男はすでにベッド上にはいないようだった。部屋の中にも、気配を感じない。

ルネを放置して、帰ったのかもしれない。だとするとずいぶんと冷たい仕打ちだが――仕方がないだろう。それを恨むことはできない。

（朝を一緒に過ごすとか、そんな甘い関係じゃないものな……）

するだけすれば、その夜のことは終わり。取り引きで成立した愛人関係など、それでいいのかもしれない。まかりまちがって、何か変に甘い空気になられても、かえって反応に困るだろうし――。胸の中にわだかまるわずかな違和感――落胆――のようなものを、ルネはそう考えることで心の隅に片づけた。

「起きないと――」

懸命にシーツに手を突いて身を起こす。

体の負担とは別に、昨夜の記憶は心の中で混沌《こんとん》とした泥のようになっているが、かと言って一夜明けた今になっても傷心《しょうしん》から立ち直れないほど、ルネは弱くも初心《うぶ》でもなかった。来年には三十になる身は、良くも悪くも心身共にしたたかな大人だ。

とにかく起きて、シャワーを浴びて、何か食べなくては、仕事にかかれない——と考える程度には、もう日常性を取り戻している。

タロー以外の男に、抱かれたというのに……。

(思っていたより図太かったんだな、ぼくは——)

呆れるような可笑《おか》しいような気持ちでくすりと失笑したその時、不意にかちゃりとドアノブが回った。

入ってきたのは、シャツとスラックス姿の静だ。起き上がっている全裸のルネと目が合い、互いに数秒、黙って見つめ合ってしまう。

「——起きたか」

静の声は、いつに変わらず抑揚に乏しく、言葉少なだ。ルネはとっさに、裸体にシーツを巻きつけ、前で掻き合わせて男の目から肌を隠した。あまりに平気な顔で見つめられたために、逆に恥ずかしさが湧いたのだ。裸を見られるよりも、もっとすごいことを、昨夜は散々されたのに。

静はだが、ルネの恥じらいなど斟酌《しんしゃく》せずにずかずかと近づいてくると、頤の下に手を入れて、ぐいと持ち上げた。何を——とルネが眉を吊り上げると、静の眉は微妙に真ん中に寄った。

「あまり顔色が良くないな。気分は?」

「あ、あなたに心配していただくことでは——！」

「下の食堂まで行くのはつらいだろう。朝食はここへ運んできてやる」

「……え……？」

「大人しくして待っていろよ」

人差し指の先をびしりとルネに突きつけて、そのまま待っていろよ、と再度言い、静は部屋を出て行く。そしてまだルネが茫然《ぼうぜん》自失しているうちに、大ぶりな四角いトレイに一食分の料理を載せて戻ってきた。それを、ベッドの傍らの小机に置く。

——いい香り。

乳白色《にゅうはくしょく》のスープ。

それから、たっぷりの量のスクランブルエッグ。青菜《あおな》とベーコンを炒《いた》めたもの。こんがり焼けたトーストが一枚に、つけ合わせのジャム。飲み物は、温めたミルク。

全体的に消化のよさを考えて作られたかのような、柔らかくやさしいメニューだ。それでいて、猛烈に食欲をそそられる——。

ぐぅ、と胃が捩れるのを、ルネは自覚した。その音を聞かれるのは、裸体を凝視されるよりも恥ずかしかった。

「食欲はあるようだな。何よりだ」

静が悦《えつ》に入《い》った微笑を含みながら言う。

「……っ」

「言っておくが、俺に怨みつらみがあるからって、盆ごとひっくり返したりするなよ。あんたより何時間も早く起き出して、手間暇《ひま》かけて作ったんだからな」

「……」

恩着せがましい言い方だが、ルネは不思議に腹立ちを覚えなかった。静の運んできた朝食の一品一品が、本当に丁寧に作られていることが、見た目でわかったからだ。

──特にこの、乳白色のスープは、きちんと素材を煮込んで取ったスープに、おそらくはピュレした蕪《かぶ》を合わせて作ったものだ。新鮮な香りが、出来合いのものではありえない。

うちの冷蔵庫にこんな上等のスープが取れるような食材があっただろうか──と首を傾げたルネは、ハッと気づいて静を見上げた。

「静、あなた──もしかして、プロのシェフ……？」

「何だ、知らなかったのか」

静のほうこそが意外そうな顔をして言う。

「最初に会った時、店をやっていると言っただろうが」

「──……」

そうだっただろうか。ルネは記憶を探ったが、さっぱり思い出せなかった。あの時のルネは、タロ－を失った衝撃と、この家を目の前の男から守らなくては……という思いでいっぱいいっぱいだった。

とても、静がどういう男で、何を職業にしているのか、などと詮索《せんさく》できるような心境ではなかった。

(今は……あの時よりは、少しは他のことに目が向くようになったということだろうか)

そういえば、今朝の目覚めは奇妙なほど心安らかだった。タローの命が今日か明日か、という状態に陥ってからずっと、深く眠ることができず、ことに彼の死からはずっと、ああ今日もタローがいない一日を過ごさなくてはならないのか……と、悲しみで身が捩れる感覚で目が覚める状態だったのに。

「何を眺《なが》めている」

静が顎をしゃくるようにして促す。

「大丈夫だ、ぬるめに作ってあるから、冷まさなくてもすぐに食える」

偏食の子供を諭《さと》すような口調で言われ、ルネは一瞬むっとした。確かに欧米人は日本人に比べて猫舌が多く、ルネもぐつぐつ煮立った鍋《なべ》料理だけは、綾太郎にすすめられてもどうしても食べられなかったが――。

「ぼうっとしていないで、まずバスローブなり何なり羽織《はお》ったらどうだ」

呆れたように指摘されてさらに腹が立ったが、確かに、全裸にシーツを巻きつけた姿では、食事を始められない。

ルネはシーツの間からのろのろと手を伸ばし、床に投げ捨てられたバスローブを拾い上げた。素肌の上にそれを着る姿を、静が仁王立ちのまま凝視している。

「――そんなに見ないで下さい」

ルネは思わず前を搔き合わせた。男の黒い瞳が、ルネの肌の上に、昨夜の情事の痕跡《こんせき》を探しているように感じられたからだ。

——好色な気配なんか、少しもない目なのに……。

なぜか、この男の視線にはもっと執拗なものを感じてしまう。見つめられると、その瞳の奥に潜《ひそ》む何かに搦《から》め捕られるような、じわじわとした怖さを感じて、肌がそそけ立ち、心がひりひりと痛んでしまう——。

静が唇を開いた。だが、何か言おうとしたそれは、言葉を発しないまま再び閉じてしまう。

そしてため息をひとつ。

「……食い終わったら呼べ」

そう言い残し、男は部屋を出て行った。残されたルネもまたため息をつき、「いただきます」と呟いて、スプーンを取り上げる。

まずは蕪のスープをひと口。

「……美味《おい》しい……」

ルネの小さな感嘆《かんたん》の声は、差し込む朝日の中にバターのように溶けた。

朝の光の差す鏡の前で、丁寧に丁寧に、リボンタイを結んでゆく。

金色の髪は、すでに梳《と》かして整えた。目覚めた直後はひどかった顔色も、まあまあのところまで回復している。あとは着こなしを確認して——と、鏡にくるりと背を向けた時、ガチャリとドアを開けて、静が洗面室に現われた。

そして顔をしかめて言う。

「——今日もその服なのか」

ルネは葬儀の時以来、ずっと黒の上下を身に着けている。昨夜、静を迎えた時もそうだった。細かな刺繍《ししゅう》やドレープをほどこしたそれは、亡きタローが生前、ルネのために自らデザインして誂《あつら》えさせたものだ。

「葬式も終わったのに、まだ喪服を着続ける気か？」

「……タローが残してくれたものですから」

それに、正確に言えばこれは喪服ではない。喪服としては美麗すぎるからだ。やや古風な意匠といい、ルネの痩身《そうしん》に添うようなラインといい、ミルク色の肌と金髪、それに夕闇色の瞳の若い恋人の容姿に合うよう、計算し尽くしたかのような美しさだ。仕立て《オーダー》だけあって、着心地もいい。

——できれば、いつまでもこれを着ていたい……。

ルネ自身にそう思わせるほどに。

「喪服の未亡人か」

静がそんなことを呟き、はぁ、とため息をつく。

「――いずれそれを脱がせたいと思う男が現われることくらい、あの好き者のじいさんが予想していなかったはずはないな……」

「えっ、何……？」

「何でもない」

にべもなく遮《さえぎ》った静は、「帰る」と短く告げて背を向ける。

ルネは慌てて、男に続いて洗面室を出た。玄関までついて行ったところで、男がまた、突然振り向く。

「わ……」

正面からぶつかりそうになったルネを、静が両手で支える。

男に二の腕を摑まれて、ルネは思わず、その顔を見上げる。

静もまた、顎を引いてルネを見つめていた。

朝の光が、静かに差し込んでくる――。

「しず……」

何か言おうと開いた唇を塞ぐように、男の顔が降ってきた。

(名残《なごり》のキス――？)

口づけられながらそう思った瞬間、男の唇の温度以上に、ルネの頰の温度が上がった。

「……また来週、来る」

そんなルネから唇を離しながら、真摯《しんし》な声で、静は告げる。

この男が「来る」ということは、無論そういうことだ。昨夜のように、ルネを抱く――ということだ。

ふたりは契約を交わした愛人関係なのだから――。

「……はい」

ルネは冷静に応えた。

「お待ち――しています」

ルネの答えを得て、静は再び背を向けた。そのまま玄関ドアをくぐり、もう振り向こうとはせず、自分の車に乗り込み、エンジンをかける。

植栽《しょくさい》の手入れが追いつかず、荒れた印象は否《いな》めない車寄せを、静の車がぐるりと回って走り去っていく。

ルネはそれを、煉瓦《れんが》の欠けたポーチに立って見送った。

(――不思議な気持ちだ)

タロー以外の男に抱かれることなど、考えたこともなかった。もしそんなことになったら、生きてはいられない――とすら、思っていた。

なのにルネは生きている。それも、決して不快ではない気持ちで。

ルネからタローの大切なものを無慈悲に奪い取ろうとした男。

あの夜闇の中、怖ろしい執拗さで、ルネの純潔を散らせた男――。

その男を、ルネはだが、もう憎いとも嫌いだとも思えなくなっていた。その理由を、しかし今のルネは「きっとタローに似ているからだ」としか、考えられなかった。

（あの目に見つめられると、体が痺れて動かなくなるのも、彼がタローに似ているからだ……）

それ以外の考えは、この時はまだ、心の端にも浮かばなかった。

◇　◇

巨大なガラスの壁の向こうで、飛行機が盛んに離発着を繰り返している。空港上空は無風の晴天に恵まれていた。

「アルマ！」

ルネはゲートをくぐって現れた老婦人に向かって、大きく手を振った。

「ルネ！」

白銀の髪をシンプルなシニョンに結《ゆ》ったアルマ・ボルヌは、大きなカートを押しながら手を振り返してくる。

こうして会うのは五年ぶりだが、アルマは相変わらず、華麗かつ隙のない装いで身を固め、実年齢よりもはるかに若々しかった。日本風に言えば古希を過ぎた年齢だが、パリで雑誌記者として半世紀を超えるキャリアを持ち、今も第一線で働いている。学生アルバイト時代のルネの上司であり、亡きタローの古い友人でもある。

若いルネと銀髪のアルマは、互いに駆け寄ってロビーの真ん中で抱擁《ほうよう》を交わした。だがルネの若々しい頬でチュッ、とリップ音を立てるや否や、アルマは顔をしかめる。

「まあ、ルネあなた、この服――」

襟元の細かな刺繍を手で辿りながらの言葉だった。まだ喪服を着ているなんて、どういうつもり――？　と、いきなり説教されそうな気配に、ルネは慌てて、「さ、行こうかアルマ」と荷物を載せたカートを奪い取る。

「タローもあなたが来てくれるのを、待ち焦がれていると思うよ」

「……」

銀髪の老婦人の何か言いたげな表情は、おそらく「上手くはぐらかして……」というところだろうか。この子も大人になって、ずいぶん狡《ずる》くなったわね、とも思っているのかもしれない。ルネにとっては敬愛の対象である女性だが、半面、まだ自意識ばかり強かった学生の頃や、タローとのあれこれを含め、知られていることが多すぎてやりにくい相手でもある。

――タローがこの世を去って、三ヶ月が過ぎている。

季節がすっかり冬へと変じた日本の首都近郊の景色の中を、ルネとアルマを乗せたタクシーが走り抜けていく。

「本当にごめんなさいね、ルネ。タローのお葬式に来られなくて。ちょうど大きな仕事が入った時期で、どうしても一段落つくまではパリを離れられなかったの。今回も仕事のついでの来日になっちゃって……」

「うん、わかってる。貴女が忙しい体なのはいつものことだもの」

ルネが首を振って謝罪は不要だと示すと、老婦人は品のいい笑みを浮かべ、続けた。

「あなたのこと、とても心配だったわルネ」

外見の凛々しさに似ない温かい口調だ。

「あんなにもタローを愛して、崇拝していたあなたが、彼の死からちゃんと立ち直れるだろうかって……逆に気丈に振る舞いすぎて、泣きたいのに泣かずに我慢したりしていないかしらって、少しでも時間ができるたびにあなたを思ったわ」

「……ありがとう、アルマ」

ルネは双眸を瞬いて微笑む。

この女《ひと》は、常にルネの理解者だった。祖父のような年齢の男《ひと》と恋愛関係になった時、そしてその男の伴侶《はんりょ》になった時――。周囲の反応をよそに、アルマはいつも驚きも呆れもせず、ルネの決断に理解を示してくれた。癌に冒《おか》されたタローと共に日本に渡る時も、空港でまるで家族のように見送ってくれた。

(この人がいてくれたから、ぼくは孤独にならずに済んだ)

いつもおおらかなアルマがいてくれたおかげで、自分は誰ひとり味方のいない世界で生きずに済んだ。タローとの関係を理解してくれる彼女がいてくれたからこそ、大きな決断をしつつ生きてこれた。

彼女がいなければ、ルネは重圧と味方のいない寂寥感《せきりょうかん》に負けて、いつしかタローの手を離してしまっていたかもしれない。タローを愛していると、胸を張って言えない人生を生きていたかもしれない――。

都内のホテルでいったん荷物を降ろしたあと、タクシーは半時間ほどで旧逢沢邸に到着した。アルマは優雅な仕草で車から降り、荒れた庭を持つ古寂《ふるさ》びた洋館を見上げて、「素敵ね」と長閑《のどか》な感想を述べた。

「なかなか手が回らなくて……」

あちこちに傷みが目立つことをそう言い訳すると、アルマはほがらかに笑いながら「ノンノン」と首を振る。

「この古めかしくて、簡単には人を寄せつけない、微妙に東洋と西洋が入り混じった異界感――いかにもタローらしいわ。彼、ここで生まれて育ったのね……？」

「そうだと聞いてる」

ルネは頷いて続けた。

「逢沢家は、昔、紡績業《ぼうせき》でかなりの財を成した家だったらしい。でもその跡取り息子に生まれたタローは、親や親族たちが勝手に自分の将来を決めてしまうことに反発して、家を出たんだ。そして簡単に連れ戻されてしまわないよう、フランスに渡った――」

「要は家出息子だったのよね。その辺の話は聞いてるわ」

アルマはひゅっと首を竦めて笑った。彼女もまた、若い頃から親世代の圧力に抗して自分の人生を切り拓いてきた人だ。タローと気が合ったのも、互いの身の上が似た者同士だったからだろう。

邸内に入ったアルマは、応接間の祭壇でタローの遺灰に祈りを捧げると、しばらく気ままに内部を見て回った。そしてルネがコーヒーを淹《い》れ終えたタイミングで、ソファに戻ってくる。

「でもね、ルネ」

アルマはカップを持ち上げながら言った。

「わたし、あなたがフランスに戻ってくるものと思っていたのよ。このまま永住するつもりって……本気なの？」

「本気だよ」

ルネもまた、カップを手に応える。

「タローはこの国ではほとんど無名のまま死んでしまったからね。これから彼の仕事を整理して紹介し、日本の人たちに彼がいかに誇るべき芸術家だったかを伝えるのが、ぼくの一生の仕事だと思ってる」

「そう――」

さすがにアルマも、死んだ恋人に生涯を捧げようというそれが、この若い友人にとって最良の選択だとは思わなかったのだろう。ふと首を傾げ、それでも気を取り直したように「あなたがそうしたいと言うのなら」と穏やかにルネを見つめて言った。

「……あなたがそうしたいと言うのなら、それがあなたの人生だものね」

それがあなたの人生だものね――。

懐《なつ》かしい言葉だ。これはこの女《ひと》の口癖なのだ。ルネがタローと結ばれた時、そして彼と歩いてゆくことを決めた時、この聡明な女性は常にそう言ってルネを励ましてくれた……。

「でもねルネ、その服を着続けるのはいけないわ」

アルマは空港では呑み込んだ忠告を口にした。来たな、とルネは苦笑する。

「タローはもういないの。ルネ、泣いても叫んでももう二度と会えないのよ。だからあなたももう、彼のいない人生を始めなくちゃいけないの。わかっているのでしょう？」

「うん——」

ルネは頷く。かなりきついことを言われているのだが、アルマの温かみのある声で言われると、素直に受け入れざるを得ないのだ。

「タローのことを忘れろなんて言わないわ。でも、あなたはまだ若い。わたしよりもはるかに先の長い人なのだから——死んだ人とは、ある程度距離を置いて、タローの思い出の中に閉じ込められるようなことは、してはいけないわよ」

「でも、アルマ」

ルネは反論しながら、涙ぐんだ。三ヶ月が経つ今も、タローの死による喪失感は生々しかった。

「この服は、タローが『わたしが死んだら着て欲しい』って、生前から用意してくれていたものなんだ。葬儀の時だけじゃなく、いつでも着ていられるようなデザインで……って注文して、春夏用と秋冬用、それぞれ誂えさせて」

「ルネ……」

「たぶん、自分のことを、死ぬまで忘れないでくれ――って意味だと思う」

ルネの手にしたカップが、ソーサーに当たって、かちゃり……と音を立てる。

かちゃ、かちゃ……と、手の震えを表わすかのように、ごく小さな音が続いた。

「だから、ぼくは――……」

こうして、ずっとタローをしのび続けるつもりだ……と口では言いながら、だがこの時、ルネが考えていたのは、タローではない別の男のことだった。

つい一昨日も、その男はやってきて、ルネを抱いた。

抱いて、恥ずかしさと悔しさに啼かせながら達《い》かせ、あまりの絶頂感に気をやってしまったルネの隣で早朝まで眠り、朝早く起き出して朝食を準備する。静はそれを、ルーチンワークのように正確に繰り返す。

一昨日などは、朝から季節の果物《くだもの》が山盛りのタルトを出された。静が淹れると、コーヒーも紅茶も味が違う。

相変わらず言葉少なで無愛想だが、静は思いがけなくやさしかった。少なくとも、ルネを労《いたわ》ろうという気持ちを見せてくれる。

先週の夜などは、シャワーを浴びて戻ってきたルネの顔を見て、突然『どうした』と問いかけてきた。ルネの表情が強張っていたので、何かあったと察知したらしい。この男が自分の顔色を窺《うかが》うことなどあるのかと、ルネは少し驚いた。

『――その……浴室を使っていると、時々誰かが庭に潜んでいるような物音がするんです。今さっきも……』

『見てくる』

そう言い残して、静はさっさとくつろいでいたベッドから降り、忍者のように素早い動きで部屋を飛び出て行った。まさか男がそんな行動を取るとは思っていなかったルネは、バスローブ姿に濡れ髪のまま、胸元を押さえて茫然と見送ってしまった。

やがて戻ってきた静は、『誰もいなかった』と告げたが、ルネの気のせいだとは言わなかった。

『以前からこんなことがあったのか？　誰かに覗《のぞ》かれているような気配を感じることが？』

『……え、ええ』

『不用心だな。庭の植木が茂りすぎてる。あれじゃ不心得な奴にどうぞ潜んで下さいと言っているようなものだ。すぐにでも職人を入れて刈らせたほうがいい』

『――……はい』

『あんたみたいなのが一人暮らしじゃ、変質者に目をつけられもする。もっと用心してくれ。でないと――』

――でないと？

ルネは一瞬、その続きに何かを期待したのだが、静はそこで口を閉ざしてしまった。そしてその代わりのように、ルネを抱きしめた。

『でないと——俺のような男がやってくるぞ……』

ルネがその言葉の続きを聞いたのは、裸に剝《む》かれ、胡坐《あぐら》をかいた男の腰の上に乗せられて、あられもない声を上げさせられている最中のことだった——。

（嘘つき）

ルネは自分の痴態を思い出し、自分自身を心の中で罵《ののし》った。

（こんな服を着て、未亡人気取りで振る舞っていたって——ぼくはタローに全然貞節を守ってなんかいない……！　もう彼の、貞淑《ていしゅく》な恋人なんかじゃない……！）

あの男は、最初の夜からずっと、毎週水曜日の夜にこの館を訪れている。翌朝はゆっくり過ごして行くから、たぶん木曜日が経営している店の定休日なのだろう。訪れて、そして必ずルネを抱き、痴態の限りを尽くさせ、耳を塞ぎたくなるような、羞恥のあまり舌を嚙みたくなるような淫らな声で啼かせる。

抱かれたルネが、恍惚感《こうこつかん》と屈辱に咽《むせ》び泣きながら達する。それを見て、うっすらと浮かべる男の悦びの表情は、ぞっとするほど残忍だ。

だが狂乱の夜が明け、木曜日の朝になれば——ルネはまた、昨夜のことなど忘れたように喪服を着る。恋人を失った悲しみに暮れる、健気《けなげ》で貞淑な伴侶を装う。

（ぼくが）

ふとルネは自虐的な想像をした。

(ぼくが、もし今ここで、静の存在をぶちまけたら――アルマは何て言うだろう……)

やはり、それはあなたの選択したことなのだから――と、穏やかに肯定するだろうか。それとも、とうに死んだ恋人のために、愛しているわけでもない別の男に身を任せるなんて――と、さすがに怒るだろうか。

「ルネ」

どこまでも柔らかい、包み込むような声が呼ぶ。

「恋人に服を贈る意味はふたつあるのよ。知っていて？」

「――意味？」

「ひとつは、自分の気持ちを込めたそれを身に着けて欲しいという意味。そしてもうひとつは、いずれそれを自分の意思で脱いで欲しいという意味」

アルマはネイルを完璧に整えた指を折りながら説明する。

「むろん、自分が生きていれば、タローは自分のためにそれを脱いで欲しいと思っていたでしょうけれどね」

「――ッ」

ルネは想像する。タローと愛し合うために彼の目の前で彼から贈られた服を脱ぐ自分を。それは輝かしい、至福の時間だったろう。

「でも、タローの性格から考えて、すでに余命宣告されている自分がそれを望むことはできないだろう、ってことは割り切っていたと思うの……あなたとは年齢差もあるし、自分が先に逝《い》くことになるのはどうしようもない、ってね」

「……」

「もちろん未練はあったでしょう。彼も男だから、本当は自分が死んだあとも誰にもあなたを渡したくなかったはず――。でも、まだ若いあなたに、自分の亡霊と一生連れ添えと望むのは到底無理だということは、あなたと出会った最初からわかっていたと思うわ。だから、喪服でありながら喪服でない、こんなにもあなたの美しさを引き立てる服を贈ったのでしょうね。これを着て、自分の死を悼んで欲しいという気持ちと、一刻も早く、良き相手と連れ添えることを祈る気持ちの双方を込めて」

こんなにも、と呟きながら、アルマの手がまたルネの襟元を撫でる。そして告げる。

「ルネ、あなた、驚くほど美しくなったわ」

「――アルマ？」

「タローが亡くなったと聞いて、異国でひとりぼっちになったあなたが、やつれて見る影もないありさまになっているのではないかしら、って、心配でたまらなかったのだけれど……空港であなたを見た時、驚いたわ。白ユリのように清純だった男の子が、怖ろしいほど妖艶《ようえん》な美青年になっていたのだもの。まるで泥の中に投げ出されて、でもそこから芽を出し、この世のものとも思えない美しい花を咲かせようとしている蓮《はす》の蕾《つぼみ》のように――」

アルマの手が、ルネの髪と頬を撫でる。その感触を茫然と受け入れながら、ルネは狼狽《ろうばい》した。

「アルマ、あなた……何が言いたいの？」

「別に何も？」

銀髪の老婦人は澄ましたものだ。

「ただ、あなたが少し変わったなと思って。たとえば、香水《パフュム》をつけていないこととか」

ルネは目を瞠った。アルマは慧眼《けいがん》だった。確かにここのところ、ルネは香水瓶に手を伸ばしていない。静が、ごく少量でも鼻につくと言って嫌うからだ。

「以前のあなたは、趣味のいい香りをいつも漂わせていた――タローの趣味に合わせてね。タローがいなくなったからといって、それをすっぱりと止めてしまうというのは、あなたの性格からして少し考えにくいわ。あなたなら、亡きタローのために彼が愛した香りを身につけ続けたはずよ。それがまったくない、ということは――」

そういう好みの相手が身近にいる、ということだ。そして相手の好みに合わせて、装いを変える。それはつまり、その相手と親密になりたいという気持ちの表れだ――。

「アルマ」

ルネは慄然《りつぜん》とした。

（――気づかれた……？）

静の存在に、体を重ねる関係の相手がいることに、気づかれた――？

ルネの遮りに、アルマは肩を竦めて言葉を切った。しゃべりすぎちゃったわね、という顔だ。

「これだけは言っておくわルネ――人は生きている限り変わっていくもので、それは決して悪いことではないのよ」

「アルマ……」

ルネは茫然と老女の顔を見る。

タローが亡くなって、三ヶ月。静に抱かれ始めて、三ヶ月だ。詳しい事情を知らなくても、聡《さと》いアルマなら、ルネの体に異変が起こっていることくらい察するだろう。

若い静とのセックスは、ルネの体を極限まで酷使する。彼が射精するまで、体内で動き回られる苦痛に耐え、体の奥から高まってくる疼きに耐えて、淫らな姿勢で玩具《おもちゃ》にされる屈辱の中で、意識が真っ白に飛ぶ。そして正気に戻れば、尽きることのない若い男の精力で、また最初から始められる。それを、一夜のうちに幾度も繰り返される。

ルネは消耗し、擦り切れたように過敏になって、この頃では男が来ない夜にも名残のような疼きに悩まされている。そしてその状態が癒《い》えきらないうちにまた水曜日の夜を迎えるのだ。

こういう状態を、何と言うのだろう。色に溺《おぼ》れるというのか――愛欲に塗《まみ》れると言うのか。

犯され、奪われ、穢《けが》されては、亡き恋人を思って咽び泣き――だがそうして投げ込まれた汚泥《おでい》の中で、ルネの肉体は妖しく咲き開こうとしている。感度が良くなり、男を歓《よろこ》ばせる術《すべ》も身についてきた。

アルマの感性に、その色香が引っかかったとしても、不思議ではない。彼女も色事に関しては相当に百戦錬磨《れんま》なはずだから――。

（でも、違う……）

静はアルマが想像しているような、甘い感情を交わし合う相手ではない。あの男《ひと》、あの男は——

……！

「ルネ！」

アルマが鋭い声を上げ、ルネはハッと気づく。手元のカップからコーヒーがあふれ、絨毯《じゅうたん》に染みを作っている——。

「……しまった」

ルネは慌てた。古いものながら本物の手織り絨毯なのに——。

狼狽しながら雑巾《ぞうきん》を取りに行こうとしたルネは、アルマの座っているソファの足にひっかかり、転倒しかけて手を突いた拍子に、アルマの書類カバンを倒してしまった。ばさばさと音を立てて、中身が零れ散らばる。

「あっ、ご、ごめんなさい——！」

「いいのよ、大丈夫。それよりあなた、火傷《やけど》していない？」

「う、うん」

絨毯に膝を突いて書類を拾おうとするルネを、アルマは押し留めようとした。だがその時、ルネは床に散らばったものの中から、驚きのあまり手が止まるようなものを発見した。

「——静………？」

それは雑誌の切り抜きに印刷された静の写真だった。何年か前の雑誌のものらしく、今より面差しが初々《ういうい》しく、髪型も違う。コックコートを着て、赤・白・青の三色を使ったリボンで、金メダルらしきものを首から下げて、誇らしげな顔だ。どこかの料理コンクールで優勝した時のものらしいが、あの陰鬱な男に、こんな華々しい経歴があったのだろうか――？

「あらルネ、あなたシュジュカ・アイザワを知ってるの？」

さらに驚くことに、アルマがこともなげに静の名を口にした。日本語の素養がない彼女には、シズカという発音が難しいのだ。

「し、知ってるも何も――彼、タローの義理の孫なんだよ。今はこの家の、正統な持ち主でもある」

「えっ、本当？」

驚くアルマに、今は静のものであるこの家に、ルネが相変わらず住んでいるあれこれの事情までは告げずに、問い返す。

「アルマ、あなたこそどうして彼を知っているの？」

「どうしても何も」

アルマはルネの口調を真似《まね》て返す。

「わたし、ムッシュ・アイザワを取材するために来日したのよルネ。多忙な彼から、ようやくインタビューの約束が取れてね」

「ええ？」

「彼、今の料理界のフレンチ・シェフとしては世界屈指《くっし》の存在よ。あまりマスコミに出たがらないこともあって、伝説のシェフと言っていいわ——知らなかったの……？」

「知らなかった……」

茫然と呟くルネに、

「そう……？」

アルマは首をひねりつつも、「まあわたしも彼がタローの孫だなんて気づかなかったし」と鷹揚《おうよう》に受け流した。タローも静も姓は「逢沢」だから、勘のいいアルマが「もしかして」と気づかなかったのは確かにらしくないが、それはおそらくタローが筆名の「鬼頭」を長年本名同然に使っていたためだろう。アルマの頭の中では、タローはあくまで「キトー・タロー」だったのだ。

「ムッシュ・アイザワはね、ルネ。日本に帰国した今もパリでは伝説的なシェフなのよ。オーナーシェフが急に倒れたレストランを二十四、五歳の若さで任されて、見事その年の格付けで星をひとつ増やしたっていうね」

「それは……」

すごい。素直にルネはそう思った。

格付け評価の星は、経験豊かな大御所《おおごしょ》シェフですら血眼《ちまなこ》で奪い合うようにして欲しがるものだ。それをわずか二十代なかばの、しかも急遽《きゅうきょ》代役に立った若者が獲得するとは、特に美食家《グルマン》でないルネにすら、並大抵の才能ではできないことだとわかる——。

（でも――あの静が……？）

にわかには信じられないことだ。腕はいいと思ってはいたが、あの極端に無口で無愛想な男が、そんなカリスマ的な天才シェフだなんて――。

「彼が日本に帰国するというニュースが走った時は、料理界はちょっとしたパニック状態だったらしいわ。だってそれはフレンチの世界の台風の目が、パリから東京《とうきょう》に移動することを意味したから」

「……」

それほど……？

アルマの言葉を聞いているうち、ルネの胸に、ふっとある感情が兆《きざ》した。あの男は、すでに幾度も体を重ねたルネに、そういうことを――自分が名声を得た人間だということを――ひと言も言ってくれなかった。彼がある時期フランスにいたことすら、自分は知らなかった。「もしかすると、街角のどこかですれ違っていたかもしれませんね」などと話せたら、少しは互いの距離も縮まっただろうに、静はそれすらも拒否した。

まるでルネとは、余計な会話はひと言といえど交わしたくない、とばかりに――。

（……そんな……）

ルネはそのことに、自分でも思いもよらないほど深く傷ついた。自分が静にとって、本当に体だけの存在なのだと思い知らされてしまった……。

（――でも……それは仕方のないことだ。彼にとってはぼくなど、ただの……）

そう考えようとして、だがどうしても胸のわだかまりを抑《おさ》えられないでいるルネの顔を、アルマが覗き込んでくる。

「ルネ、あなた、ムッシュ・アイザワと交流があるの？」

「いえ！　――……ええ、その、少しだけ……」

「そう」

アルマの目に、何か悟ったような光がある。

駄目だと思いつつも、ルネは彼女の目から露骨《ろこつ》に顔を背《そむ》けた。

男の冷たさに傷ついている顔など、誰にも見られるわけにはいかなかった。

◇　◇

――ルネ、ルネ……。

老いて痩《や》せ、骨ばった手が、伏せて眠るルネの肩を揺らす。

――起きなさい。こんなところでうたたねしていると、風邪《かぜ》を引くよ……。

（タロー……？）

ルネは身を伏せていた書き物机から顔を上げた。目の前には、痩せ衰え、それでも品位を失わない綾太郎の、やさしい顔があった。寝間着《ねまき》の上に、ガウンを肩にだけひっかけている姿だ。足元は裸足《はだし》にスリッパ。

――タロー、あなたこそそんな薄着で起き出して……それに、介助なしでひとりでベッドから離れないでって、言ってるのに……！

――なぁに、まだひとりで家の中を歩けるくらいの体力はあるさ。

綾太郎は鷹揚に笑った。

パリ在住時に見つかった彼の癌は、一度手術で取ったあと、四年ほどは再発もせずに過ごせたのだが、完治まであと一年というところで転移が発見された。

再度の切除手術は、当人の体力や転移した位置の悪さなど、諸々《もろもろ》の事情から不可能と判断され、綾太郎は今、希望して自宅で末期のケアを受けている。本人は呑気《のんき》に構えているように見えるが、本当はそろそろひとりで邸内を歩き回ることも難しい体調で、先日からは車椅子《いす》を使用していた。

――今日は何だか、調子が良くてね……陽の光に当たりたくなったんだよ。悪いがルネ、車椅子を押して庭に出してくれんかね。

――外は寒いですよ。サンルームにしましょう。

――もうそろそろ、あの山茶花《さざんか》が咲いとるだろう。少しだけでいいから……。

そうねだられると、ルネは弱い。少しだけですよ、と念を押して、厚着させた綾太郎を車椅子に乗せて庭に出た。

冬枯れの目立つ庭に、その木だけが常緑の葉を茂らせ、薄紅色の花弁をふっさりとつけている。

——おお、今年も綺麗に咲いたな。

——ええ、本当に。

ヨーロッパには、屋外の環境で冬に咲く花はほとんどない。ルネも来日した最初の年にこの木を見た時は驚いたものだ。

——ルネ、以前にも話したと思うが、この木はわたしの誕生木でね……。わたしが生まれた日から一週間後にここに植えられたんだよ……。

——ええ、タロー。これはあなたと同じ年月を歩んできた木なのですね……。

——もっともわたしは、十代の終わりにこの家を飛び出して、還暦《かんれき》を過ぎるまでずっと戻らんかったから……。この木とはあまり長い時間は過ごしておらんのだがね。それでも日本に帰ってきて、この木が大きく育ち、わたしが老いさらばえた今も、若者のように瑞々《みずみず》しい花を咲かせておるのを見た時は、胸を打たれたよ……。

それからしばらく沈黙し、薄紅色を帯びた花を見つめていた綾太郎は、ルネ、と呼びかけ、言った。

——わたしは、来年のこの花を見ることはないだろう。

——タロー……。

——だが、これでよかったのかもしれん。わたしがあと十年長生きしていたら、お前ももう若いとは言えん年になってしまう。そうなれば次の生き方を探すのも、それだけ難しくなっていただろうし……。

そこまで言って、綾太郎がごほんごほんと咳《せ》き込んだ。ルネは庭土に膝を突き、タロー、と呼びかける。

――家に入りましょう、タロー。今日はもう横になったほうがいい……。

――ああ、そうだね。

綾太郎は背もたれに身を預けながら、微笑した。

――お前に長く面倒をかけるのは心苦しいけれど……。もう少しだけ一緒に居《い》たいからねぇ……もう少しだけ……。

もう少しなんて言わないで。ルネは胸が詰まる感覚に言葉を失った。もう少しなんて言わないで。もっとずっと長生きして。ぼくを置いて逝かないで。ぼくは、ぼくはあなたのいなくなったあとの人生なんて、いらないのに――！

「ルネ」

突然、現実の声に呼びかけられて、ルネは「うわっ」と声を上げて飛び起きた。だが意識はまだ夢うつつの状態で、部屋が暗いこともあり、自分を揺り起こしたのが誰なのか、とっさにはわからない。

この、ソファのそばにいるのは、誰だ？

「………タロー……？」

その呟きに、何とも言えない沈黙が返ってくる。かすかに、怒っているような気配。

ああ違う。この微妙にいつも機嫌の悪い空気は……。

ぱちりと電気がつく。

古びた応接間の壁を背景に、若い男が立っている。

「静……」

ルネは柱時計の針を見て戸惑った。どうしたのだろう。今日はやけに来るのが早い。日は落ちているが、まだ時刻は宵《よい》の口だ。

「そんなところで居眠りしてると、風邪引くぞ」

相変わらずむっつりした顔で、綾太郎と同じことを言う。ルネはそのことに一瞬微笑しかけ、だが突然感極まって、涙をほろりと零してしまった。

タローでは、なかった……。

「――どうした」

そして意外なことに、その涙に静が反応した。鼻で嗤《わら》うようなこともなく、本気で案じたように、ルネの顔を覗き込んでくる。

「じいさんと死に別れた時の夢でも見ていたのか」

「……――っ」

そうだ……という意味で、ルネはこくんと頷いた。その姿を見て、静がふぅとため息をつく。

男は何か重いものを両手で担《かつ》ぎ、どさりと食堂のテーブルに置いてから、ルネの前に戻ってくる。

そして絨毯に膝を突き、ルネの顔を覗いて言った。

「そんなにじいさんのことが好きだったのか」

「――ッ……」

「じいさんが恋しいのか――会いたいか？」

「ええ」

寝起きだったこともあって、ルネは誤魔化す気力もなく、素直に答えた。

「夢でも会えると嬉しくて――でも、目が覚めると、もう、どこにも……タローは……」

「俺の顔を見ると、しみじみそう感じるわけか」

「――ッ……！」

違う――とは言い切れず、ルネは思わず言葉を失ってしまった。祖父と比べられると、静が機嫌を損ねることはもうわかっているのだから、嘘でも「そんなことはない」と言えばいいのに、そうできないのがルネだった。

「――すみません」

間に合わせのように謝っても、静には逆効果だ。怒らせても、蹴ったり殴ったりすることは決してないが、ひたすらむっつりと、口をきかなくなってゆく。そして口数に反比例して、セックスの時の執拗さが増す。ルネを泣かせて、泣かせて、泣かせて――苛《いじ》め続ける。

すっ……と、男の手が伸びてくる。

ルネはびくりと震えた。このままこのソファに押し倒されるかも――と、肌が粟立《あわだ》つ。

だが男の指は、首を竦めたルネの、右耳のあたりで跳ねる金髪を、梳《す》くように柔らかく搦め捕った。

「俺がいるだろう」

――えっ。

ルネが驚いて聞き直そうとした時には、静はもうソファを離れ、隣室の食堂に向かっていた。その背を見て、ルネの心臓がどくどくと跳ねる。

お、俺がいるだろうって何？　今、そう言った……？

ルネはソファから立ち上がり、早足で静を追って食堂のほうへ行った。だが食堂にはすでに静はおらず、厨房《ちゅうぼう》のほうから物音がした。

古くて低い流し台に苦戦するように、身を屈《かが》めて手を洗う静と、その背後の調理台に置かれた段ボール箱一杯分の食材を、ルネは交互に見た。

「……何をなさるつもりですか」

「曲芸でも始めるように見えるのか？」

憎たらしいことを言われて、さすがのルネもむっと唇を曲げる。

その気配を感じたのか、男の目が不意にこちらを向いた。

「あんたがさすがに痩せすぎだから、少し美味《うま》いものを食わせてやろうと思ってな」

「わたしに？」

「あんた体重、かなり減ってるだろう」

きゅっ、と古い蛇口《じゃぐち》をひねって水を止める音と共に、強い視線が向けられる。

「ここのところ急ぎ仕事が続いて、ろくなものを食べていないんじゃないか？」

「——どうしてそれを」

「毎週抱いていれば、それぐらいわかる」

「ッ……！」

それは確かに、わかるだろう。あれほどしつこく腕の中に囲い、抱いて乗せたり降ろしたりしていれば……と、頬を熱くしながらルネは思う。だが何も、そんな露骨な言い方をしなくても——。

狼狽した顔つきのルネに、男はさらに追い打ちをかけてくる。

「少しは肉がついていてくれないと、食っても美味くないからな」

——だから真顔でそういうことを……。

「養殖の鴨《かも》じゃあるまいし……」

「いや、野生のだ」

え、とルネが驚くうちに、煉瓦ほどの大きさの紅《あか》い塊《かたまり》を、静は箱の中から取り出した。きれいに真空パックされ、パックごと氷水に浸《つ》けられている。

「知り合いの猟師が分けてくれたんだが、あいにく店で使えるほど量がなくてな」

「それで、わたしに？」

「楽しみに待っていろ」

「では何かお手伝いを……」

「いいから待っていろ」

邪魔だ、とばかり露骨に追い払われて、ルネは面食らった一瞬あとに腹立たしくなった。この男は、本当にもう……！

いらないと言うものを無理に居残る義理もない、と考え、ルネは二階の自室に上がった。そこでしばらく仕事に没頭し、頃合いを見て一階に降りる。

食堂にやってきたルネを見て、静が顔を上げた。

「今、呼びに行こうと思っていた」

一瞬、動きが止まる。

古びて何もかもが傷んでいる食堂が、一転して華やかな空気に満ちていたからだ。テーブルには厚いクロスがかけられ、すでに鴨のポアレをメインにした料理が用意されている。

――いい香り……。

以前から時々朝食を振る舞ってもらうことはあったが、あれはその日の朝、冷蔵庫の中にあるもので間に合わせに作ったものだ。それでも大層美味しかったが、今日のように、最初から材料を用意して本格的に作ったものは、また格段に美味しそうに見える――。

アルマから、静の経歴を聞かされたからかもしれない。決して舌がにぶいつもりはないが、無名のシェフだと思っていた時と、伝説の名料理人だと知ったあととでは、やはりその料理を見る目も違ってくる。

「座れ」

キュッキュ、とコルクの鳴る音を立てて、静がワインの栓《せん》を抜く。ソムリエのように慣れた手つきだ。

「少し薄味にして、肉も柔らかめに仕上げた。あまり食欲がなくても、するっと食えるはずだ」

「……」

「食え。食って飲め。美味い料理と酒があれば、大概の悲しいことは忘れられる」

こぽこぽ……と、真紅のワインが注がれる。この家にはないグラスだ。ワインと一緒に、静がわざわざ持ってきたらしい。

その様子を、ルネは戸惑った顔で見守った。

心臓が、とくん……と大きく鳴る。

この男が、ぶっきらぼうなりにルネに対してやさしいことは、以前から感じていた。ベッドの上での意地悪さを償《つぐな》うように、こうして唐突《とうとつ》にルネを労ってくる。

常にやさしかった綾太郎のようにではなく。

けれどこの男なりの、精一杯のやさしさで——。

「ほら、乾杯」

促されて、ルネはグラスを取り上げた。

男のまなざしにさらされ、より一層大きくなる自分の鼓動《こどう》に耳を澄ませる。

（静……）

手の震えに、ワインが細かく波立った。


「飲みすぎたな……」

シャワーを頭から浴びながら、ルネはぼそりと呟く。

元々、酒にあまり強くない上に、ルネはフランス人のくせにワインはさほど飲みつけないのだ。それなのに酒量を過ごしてしまったのは、ひたすらに間がもたなかったからだ。

静との食事は、会話も音楽もなく、ただ皿にカトラリーが当たる小さな音だけが食堂に響き続けるという、世にも怖ろしい時間だった。ルネはかろうじて——そして決してお世辞《せじ》ではなしに——「美味しいです」と言ったのだが、静はそれに「そうか」とひと言呟いただけで、ふたりの間には再び凍《い》てつくような沈黙が降りてしまった。

応接間にある柱時計が時を刻む音までが、鳴り響いているかのように大きく聞こえていた——。

そんな中で。

（……何のために、ぼくに料理までしてくれたんだろう、この男《ひと》……）

ルネは考えずにいられなかったのだ。

――こうしてわざわざ手の込んだ料理を振る舞ってくれたのは、自分と少しでも親しくなろうという気持ちがあってのことではなかったのだろうか。なかったのだとすると、静はいったい、他に何の意図があってこんなことをするのだろう――。

（まさか）

――ぼくの体が健康でないと、セックスがよくないから……とか……？

（馬鹿）

下衆《げす》なことを考えるな、とルネは自分自身の心の声を遮った。

（静が、セックスのことしか頭にないんじゃないか、なんて――）

疑心暗鬼《ぎしんあんき》にもほどがある。静はそんな男ではない。それにたとえそうでも、自分にそれを責めたり、不満に思ったりする資格などないではないか……。

（自分から持ちかけて、彼の愛人になったぼくには――……）

静に、何を求める資格もない――。

駄目だ。考えれば考えるほど悲観的になってしまう。

――それ以上考えないようにするためには、飲むしかなかったのだ。ハイピッチでグラスを空にするルネに、次々とワインを注ぎ足しながら、静も少し面食らったようで、目を丸くしていた――。

「……ふぅ」

きゅっ、と音を立てて湯を止める。

本当なら水でも浴びて頭を冷やしたいところだが、古くて気密性に劣る浴室は、すぐに隙間風で寒くなってしまう。真夏ならともかく、冬が本格的になろうというこの季節に、冷水を浴びることはさすがにできない。

「……どうかしているな……」

ぴちゃんぴちゃん、と締まりの悪いシャワーから水が垂れる音を聞きながら、ルネは俯いて呟く。もう始終セックスのことばかり考えているような若造《わかぞう》の年ではないのに。それどころか、綾太郎という立派な男性と、長い情交の経験もある年増なのに――。

「――さっきから、抱かれることばかり考えてるのは、ぼくのほうじゃないか――」

綾太郎とは、こんなことはなかった。出会ったその日にセックスしたのは、そうすれば彼との絆《きずな》を一番強固にできると思ったからで、決して即物的な欲望があったわけではなかった。その後の性生活も、愛欲というよりは裸のふれ合い、といった感じが強く、やさしく温かいものだった。

それなのに静とは――……。

彼を目の前にすると、いつも平静でいられない。彼が目の前にいない時は、綾太郎のことばかり思い出しているのに、静と一緒にいると、まるですべてを持って行かれるかのように、身も心もざわついて、彼のことしか考えられなくなる。

（もうじき、彼と体を重ねられる。肌を合わせられる――と思っただけで、体の芯が、痺れて昂《たかぶ》る……）

想像するだけでじんじんする。もう立っていられない――。

ルネは壁に手を突いた。顔の両側を覆う金色の髪から、冷えた湯が滴《したた》っていく。この髪もこの肌も、全身の細胞という細胞が、男の激しさを期待し、欲している。蹂躙《じゅうりん》されるように抱かれる時間を思うと、胸の高鳴りが治まらない。

滴を散らし、天井をふり仰いで、ふっ……と色めく吐息を漏らしながら、「静……」と呟く。

その時だった。浴室の窓の外で、ごとり、と音がしたのは――。

はっ……と息を呑む。

(庭に誰かいる……?)

覗き魔か、と一瞬竦んだルネは、「誰っ!」と精一杯声を張りながら、掛け金を起こして窓を押した。化粧ガラスの窓が斜めに滑り出し、わずかな空間ができる。

その空間を、一瞬、人影が掠《かす》めた。

「……!」

ルネが引きつった悲鳴を呑み込んだのは、恐怖からではない。

その人影が、ルネの夕闇色の目に、見慣れたシルエットを残していったからだ。

丸くなった背。乏しい髪。力のない、泳ぐような、老人特有の走り方――。

まだ元気で、歩いて走れた頃のタローと、そっくりの影。

「……タ……ロー……?」

そんな馬鹿な。

そんな、馬鹿な——……！

ルネは浴室を飛び出した。かろうじてバスローブを掴み、右に左によろめきながら羽織って前を掻き合わせる。

その姿で、二階への階段を駆け上った。そして「静！」と叫びながら、自室に飛び込んだ。

「静！　静、静、タローが……！」

タローが、庭に。

タローの亡霊が、庭に——！

そう叫ぶ寸前で、ルネは気づいた。いるはずの場所に静がいない。いつもそうしてルネを待っているように、ベッドの上に身を横たえていない——！

（まさか）

タローが現われたのは、何かをルネに知らせるためではないだろうか。

何を？

彼にとって好ましくない何かが起こっていることを——……！

ルネはバスローブの前がはだけるのも構わず、二階の一番奥、もっとも南側にある部屋に向かった。

飛び込むように両開きのドアを押し開け、そして立ち竦む。

「どうした？」

この家で一番大きい、四本の柱で天蓋《てんがい》を支えるベッド。その上に、しなやかながら頑強な男の体が、猛獣のように寝そべっている。

「ずいぶん色っぽい格好だな、ルネ。あんたらしくもない――」

「そこをどいて下さい」

自分でも驚くほどに、尖った声が出た。

「そこから――そのベッドから、どいて下さい……！」

かろうじて丁寧語は使っているが、ルネは激怒寸前だった。そんな愛人に、静は姿勢を変えながら問いかける。

「なぜだ？　あんたの部屋の狭いベッドより、こっちのほうが広いし、具合もいいじゃないか」

「それはタローのベッドです！」

わかっているくせに――！　と、ルネは金髪が逆立《さかだ》つほどの怒りを感じた。この男は、わかっていてわざと、祖父の面影を踏みにじっているのだ――！

「それがどうした？」

ふん、と鼻を鳴らしかけた静は、「ああ、そうか」と自分で気づいて呟く。

「じいさんは、ここで死んだのか」

「……そうです」

病院で最期を迎えるのを嫌がったタローは、救急車を呼ぶと言うルネを制止し、若い恋人の手を握りながら、このベッドで息を引き取ったのだ。

夏の最後の面影が日差しから消えようとする、秋の初めの夕刻のことだった。部屋には黄金色の夕陽が差し込み、ふたりを押し包んだ——。

「ここは聖域です」

ルネは男に告げた。

「わたしと、タローの神聖な思い出の宿る部屋です——他人に土足で踏み込まれたくありません」

「他人？」

静は癇《かん》に障った、という声で呟く。

「あんたは赤の他人でしかない男の体の下で、あんな声で啼くのか？」

「——……！」

ルネの怒りにも、火がついた。それを持ち出すのは、あまりに卑怯《ひきょう》だ——！

「来い、ルネ」

手招く仕草をする静に、ルネは息を呑む。

「な、何を——！」

「ここであんたを抱く」

「静！」

「来るんだ」

男が起き上がり、ベッドの端から足を降ろして座る。

「いいかげん、死んだじいさんを後生大事《ごしょうだいじ》にするのはよせ。体に障る」

「……ッ」

「意固地なあんたには、荒療治が必要だ。来い、ここで抱いてやる」

「……い、嫌です！」

ルネは叫んだ。そんな——綾太郎が永遠の眠りに就いたベッドで、他の男に抱かれろ、なんて——。考えるのも汚らわしい、おぞましいことを、どうしてこの男は平気で口にするのだ——！ という怒りを込めて。

「ルネっ」

だが静も退こうとしない。きつい目を向けて、ルネに告げる。

「いいかげん理解しろ。じいさんはもういないんだ。生きている人間がいつまでも死んだ人間ばかり大事にするんじゃない。あんたがいつまでもこの辛気《しんき》臭い家で、ひとりぼっちで死人のことばかり考えているのを、俺はもう見ていられない……！」

「嫌だ……！」

ルネは子供のように頭《かぶり》を振って泣いた。まだ醒《さ》めきらない酔いが、そんな子供のようなことをさせた。

「わかりたくない。理解なんかしたくない——！ タローがもういないなんて嘘だ。彼はここにいる！　彼が愛して遺《のこ》したこの家があれば、タローは本当にいなくなったりはしない！」

「ルネ！」

静が立ち、そんなルネに詰め寄ってくる。髪がびしょぬれのままの頭を左右から掴まれ、男の鼻先に向き直らされて、ルネは息を呑んだ。

「ルネ、見ろ――俺を見ろ！」

「静……！」

「俺を見ろ、死んだじいさんじゃなく、俺を見ろ！」

「やめて、静！」

「あんたが俺を見てくれるのは抱いている時だけだ。いいや、抱いて喘がせている時も――いつでもどこでも、あんたは心の中ではじいさんに抱かれてる――。このじいさんの匂いのしみついたボロ家で暮らして、じいさんの着ろと言った服を着て、いつまでもじいさんの腕の中にいる！」

「……ッ！」

「いい加減、俺のものになれ――！　ルネ……！」

迸《ほとばし》るように叫んだ唇が、ルネにかぶりついてくる。

「ん、んんん……！」

背に回り、きつく抱きしめる腕。あまりの力に、バスローブの下であばら骨が軋む。男の息は酒臭く、ルネは自分と同様に男が酔っていることを悟った。そうか、このわけのわからない言動は――。

突然、ふっと体が浮いた。静の腕に抱き上げられ、運ばれる。そして有無を言わせず、どさりとベッドの上に投げ落とされた。

「し、ず……………！」

身を起こす間も与えられず、厚い体に覆いかぶさられる。背中には、ふんわりと柔らかい、綾太郎の終焉《しゅうえん》の褥《しとね》の感触――。

「いやあ！」

抱かれたくない。この場所でだけは抱かれたくない。ルネは必死に男の体を押し返した。

「嫌だ、嫌だ……！　タロー、タロー！」

激しくベッドの軋む音に混じる、涙声。

「タロー……！　助けて……！　助けて………っ……！」

左右のこめかみを、幾筋も涙が伝った。

「タローーーーっ！」

絶叫が迸る。

次の瞬間、ふ……と男の動きが止まった。

その黒い双眸が、ルネを見つめている。ルネは首をひねって、男の目を避けた。

沈黙と静寂の中、ルネの嗚咽《おえつ》だけが響く。

やがて、男がゆっくりと――身を起こした。

ルネを押し潰すように合わせていた胸を離し、はだけられていたバスローブの前を、掻き合わせる。

「――静……？」

泣き濡れた目で見返すと、男はルネの体の上から退いた。

「帰る」

そしてあっさりと言う。

「え……？」

「――その気がなくなった」

乾いた声だった。本当に、興味を失ったものを、ばっさりと切り捨てるような――。

静が両開きのドアを引き開け、部屋を出て行く後ろ姿を、ルネは茫然と見送った。ばたりとドアが閉まり、そしてその足音がとんとんと階段を下りてゆく音の途中で、やっと正気に戻る。

「静――……！」

嫌われた。

呆れられたかもしれない――。

たった今、男を拒んだことも忘れて、ルネはベッドから飛び降りた。ドアから駆け出たところで足をもつれさせて一度転び、床に打ちつけた膝の痛みに呻いている間に、静の車のエンジンがかかる音がする。

「静――！」

やっとの思いで手すりに縋《すが》り、階段を降り切った時にはもう、テールランプが旧逢沢邸の敷地を出てゆくのが、一瞬見えただけだった。

ルネはへたり、と床に座り込む。

ぼーんぼーん、と柱時計が時を知らせた。

◇　◇

ぼーん、ぼーん……と、時計が時を告げる。

ルネははっと正気に戻り、手元の仕事がほとんど進んでいないことに気づいて、ふぅとため息をついた。

気がつけば、時刻は真夜中だった。まだシャワーも浴びていないというのに、もうすぐ日付が変わってしまう。

ルネは慌てて机の上を片づけ、部屋を出て階段を下りた。服を脱いで浴室に入り、寒さに震えながら、なかなか熱くならないシャワーの湯を、頭から浴びる。

——静は、来なかった。

今夜は水曜日だ。あれから、一週間が経っている。

本来ならば、あの男が来る夜だ。それなのに今夜は、いくら待ってもその気配もなかった。電話やメールでの連絡もない。

ルネの気持ちは重かった。

（あれは、彼が悪いんだ）

綾太郎のベッドを穢そうとするなんて――とは思うものの、

（ぼくも悪かった――のかな……）

ふっと気が弱くならなくもない。

酒が入っていたこともあって、ずいぶんきつい物言いをした、という自覚はある。だがやはり、あの男のやろうとしたことは許せない。

でも――……。

（でも……あの日、彼はたぶん、店を人に任せるか休むかして、早めにこの家に来たはずだ。ぼくにあの鴨を振る舞うために――）

自分はその好意を無にしてしまったのか、と思えば、やはり後味はよくない。きっと彼はルネのことを、やさしくしてやったのに、恩知らずで嫌な奴だ、と思っただろう。

――彼に嫌われた。

体を拭い、バスローブを羽織って、しばらく固まる。

胸が痛い――。

（タローの孫に、ぼくは嫌われてしまったんだ――）

痛い。心臓が傷を負ったように疼く――。

本当なら、自分は静と、もっと別の形で仲良くするべきだったのではないか――と、この時唐突にルネは思った。彼は直系ではないとはいえ綾太郎の孫で、彼の面影を濃く伝える人だ。出会い方が違えば、今頃はルネと家族として交流し、共に綾太郎の死を悼んでいたかもしれない。

（それなのに、ぼくたちはどこでどう間違ったんだろう――）

バスローブ姿で階段を上って部屋に戻り、髪を乾かす気力も、寝間着に着替える気力もないまま、ベッドにぼすりと倒れ込む。

そのまま、うつ伏せで考え込んだ。

「――今からでも、彼と家族として仲良くしていくことはできないだろうか……」

ふと湧いた思いつきを口にする。

そうだ、そもそも、ふたりの間にセックスを介在させたことが間違いのもとだったのだ。考えてみれば、自分と静には綾太郎の伴侶と孫という繋がりが最初からあるのだから、それをもっと大切に育ててゆくべきだった。

「愛人契約なんて、持ちかける必要なかったんだ――」

ルネは三ヶ月前の自分を恥ずかしく思った。綾太郎と死別したばかりで混乱していたとはいえ、どうして自分はあんなことを言い出したのだろう。本当に、どうかしていた。

「でも今からでも遅くないはずだ……」

愛人関係などやめよう——と、ルネは心に決めた。この家も、静ときちんと話し合って、少しずつでも真っ当にお金を出して買い取ろう。静とは、普通の親族あるいは友人として親しくしていくのが一番いい。

それに彼には、名声も経済力もある。自分のような他人の手垢《てあか》のついた汚らわしい愛人ではなく、もっと清らかで真っ新《さら》で、本物の愛情を交わせる恋人を持つべきだ。

そして自分は、この家で生涯、綾太郎を想って生きよう——。

ルネはシーツを握りしめた。明日、起きたら、静にどう伝えるかを考え始めなくてはならない。目を閉じる。

(——あなたと友達になりたい、って……ちゃんと、伝えなきゃ——)

本当は心臓のあたりに疼くような重い痛みが溜まっていたが、自分では心安らかだと思い込んだまま、ルネは眠りに落ちた。

庭に出没した人影のことは、すっかり頭から消えていた。

翌日の昼過ぎ、ルネは一枚のメモ紙を前に、一階玄関前の黒電話の前に立ち尽くしていた。

今どき、ダイヤル式の黒電話が現役なのを見て、驚かない訪問者はいない。亡き綾太郎がプッシュ式やファックス付きの機種を「屋敷の雰囲気を壊す」と言って嫌い、わざわざ骨董品を探し出して使っていたのだ。一事が万事そんな調子だった綾太郎に付き合って、ルネもまたスマートフォンどころか携帯電話も使っていなかった（自室でだけは、さすがにパソコンとメールを使えるようにしてあるが）。

メールアドレスは交換してあるから、それで済ませようか——とも思ったのだが、いや駄目だ、と思い直したのだ。

（駄目だ、ちゃんと互いに意思疎通のできる状態で、きちんと自分の声で伝えないと——）

静はわりと潔癖《けっぺき》な人だ。ルネの態度に少しでも欺瞞《ぎまん》を感じ取れば、絶対に許してくれないだろう。

そうなると、せっかくの「いい考え」が無駄になってしまう。考えて考えて、ようやく思いついた「仲直りの方法」なのに——。

（怯えるな）

どきどきと高鳴る胸に、手を置く。

（誠意でぶつからなきゃ……）

深呼吸をして、受話器を取り上げる。ぐるぐるとダイヤルを回して、その間、幾度も大きくなるばかりの鼓動を意識した。

ルルルル……と呼び出し音が続く。日本各地を取材旅行中のアルマから聞き出した番号は、静の経営する店「ラ・スイランス（静寂）」のものだ。この時間にはもうランチ営業は終わっているはずだし、夜の分の仕込みをしているとしても、電話を取る余裕くらいはあるはずだ……。

出て欲しいような出て欲しくないような気持ちで待っていると、不意に呼び出し音が途切れた。そして「はい、ラ・スイランスです」という明朗な男性の声がした。

静じゃない。従業員か——と感じたルネが「あの」と言った次の瞬間、その声は『ルネか』と、聞き慣れた無愛想なものに変わった。

ルネは一瞬、このままガシャンと電話を切ってやろうかと考えた。ぼくだと分かった瞬間に、そう態度を変えなくてもいいじゃないか——。

「あ、その……静？」

苛立ちをこらえて返した時、間髪を容れず問い詰めるような声がした。

『どうした、あんたの方からかけてくるなんて。もしかして、何かあったのか。また覗き魔が出たか？』

ルネは（そういえばそんな事もあったっけ……）と頭の片隅でぼんやり考えながら、「実は、お願いが」と切り出した。

「静、あなたのお店に料理のケータリングをお願いすることはできませんか？」

『ケータリング？　あんたの家にか？』

「ええ、誕生日のお祝いをしたいんです。その、三日後に……」

『三日後？』

ケータリングの依頼や、誕生日の祝いという理由よりも、そちらのほうに驚いた、という声に、ルネは一瞬怯《ひる》む。さすがに三日前では非常識だっただろうか。

だが誕生日の祝いだけは、その日でなければ意味がないのだ。どうしても――。

「あ、あの、急で本当に申し訳ないんですが……」

『何人前必要なんだ』

ルネはさらに緊張しつつ答えた。

「その、ふたりだけです。あなたと、わたしの――」

ふたりで会食がしたい、と遠回しに誘う。

しばらく、考え込むような沈黙。

（やっぱり、唐突すぎたかな……）

ルネは後悔した。シェフとしての彼に仕事を依頼するなら、気まずくても家に招く口実になるだろう……などと、思いついた瞬間は名案だと思ったものが、今にしてにわかにせこい算段だったと思えてくる。

やっぱり、話し合いをしたいから来てくれ、と単刀直入に言うべきだったか――とおろおろ考えていた時、反応があった。

『わかった。行ってやる』

「静――！　本当ですか……！」

思わずあからさまに声が高くなった。そんなルネをどう感じたのか、静はほんの一瞬、苦笑する気

配の沈黙を先立たせて、

『どうしても無理ならちゃんと断る。その日はちょうど大きな予約がキャンセルになったところだから な。ただし時間はかなり遅くなるぞ。それにメニューもこちらに任せてもらう』

彼にしては饒舌《じょうぜつ》な返答をくれた。

「よかった……」

つい漏れた安堵の呟きに、電話の向こうで静が、ふ、と笑う気配があった。

ルネは内心歓喜した。希望が見えてきた。この分なら、彼ときちんと和解できるかもしれない。

「ありがとう……。静、あなたのお料理、楽しみにしています」

『ああ、俺も楽しみにしている』

意外な返答のあと、電話は切れた。

――楽しみにしている。

男の艶のある深い声を心の中で反芻《はんすう》しながら、ルネは温かい気持ちで受話器を置いた。

◇　◇

三日後の夜。ルネは見慣れない車のテールランプが、バックしながら旧逢沢邸の車寄せに入ってくるのを見た。

静は、いつもの車ではないワゴン車に、食材を満載してやってきた。思わずポーチに出て突っ立っていたルネは、その運転席から降り立った男がつかつかと自分に近づいてくるのを、ただ茫然と見ていた。

そしていきなり、抱きしめられる。

「し、ず……」

「会いたかった」

静はルネを抱きしめたまま囁いた。

「あんたに、会いたかった。ルネ……」

「――！」

抑えてはいるが、熱い声だった。ルネは慄き、目を閉じ、そして体の奥から息を吐いた。

「ぼく……ぼくも」

わたし、ではなく、自然にごく親しい相手にだけ使ってきた一人称が出た。

「ぼくも、あなたに会いたかったです、静――」

若い体を抱きしめ返す。

これほど素直に、静が和解の意思を示してくれるとは思ってもみなかった。安堵と歓びのあまり、体の力が抜ける。思わず膝が折れそうになったルネを、静は力強く抱き支えた。

（よかった）

ルネは思う。

(彼も、ぼくと仲直りしたいと思ってくれていた――……)

これならばたぶん、きちんと話し合えば、自分たちはやり直すことができるだろう。間違った関係を巻き戻し、最初から、少しずつ築き直して、互いに鬼頭綾太郎と縁《えにし》を持つ者同士として、家族のようになっていけるだろう――。

静はルネの体から腕を解くと、「さあ、仕事だ」と張りのある声で告げ、ルネの背をぽんと叩いた。そしてワゴン車の荷台から、次々と食材を降ろしていく。

よく見ればそれは、すでに切りそろえられていたり、あとは火を通すだけという段階まで手を加えられていたりで、ずいぶんと丁寧に仕事がされていた。食材によってラップで包まれたり、水切りのペーパーを敷いた上に綺麗に並べられていたりと、色々だ。

その多彩さと繊細《せんさい》さに、ルネは目を瞠った。素人目《しろうとめ》に見ても、相当な手間暇が注ぎ込まれていることがわかる――。

「よ、予算オーバーじゃないですか？」

ルネが思わず小市民的な心配をすると、静は思いがけず微笑した。

「心配するな。半額は俺持ちだ」

「え、でも……」

「あんたは食べ切れるかどうかだけ心配するんだな。そら、これもあるぞ」

掲げて見せられたのは、とある有名洋菓子店《パティスリー》のケーキ箱だ。予約が取れず、なかなか買えないという評判のパティシエの手になる逸品《いっぴん》である。

おそらく何らかのコネを駆使して手に入れたのだろう。通常の仕事だけでも忙しいだろうに、その合間に手配したのだろうか――と、ルネは少し考え込んでしまった。静は、どうしてこんなに張り切っているのだろう？

（――どうしてこんなに喜んでくれているんだろう……？）

わかりやすく鼻歌を歌ったりはしないが、静はルネにも伝わってくるほど浮かれている。変だな――と首を傾げたルネだが、横から手伝ううちにそんな違和感は雲散霧消《うんさんむしょう》してしまった。きっと彼なりにルネと喧嘩《けんか》をしたことを気に病《や》んでいたのだろう。それが解消して、気持ちが楽になったのに違いない……。

料理の仕上げをするいい匂いが、邸内に満ちた。テーブルを整えながら、それを待つ時間は、ルネにとって幸せなものだった。

――まるで、綾太郎がまだ元気だった頃の穏やかで幸福な時間が、蘇《よみがえ》ったような……。

「さあ、できたぞ」

静がふたり分の皿を運んでくる。珍しく明るい彼の微笑に、ルネまでも気分が弾《はず》んできた。

テーブルの上にはキャンドルまで用意され、カトラリーは輝く銀色で、まるで一足早いクリスマスのようだ。ルネは「さあ乾杯だ」とシャンパンの栓を抜こうとしている静に、「ちょっと待って下さい」

と声をかけ、応接間に向かった。

「――タロー」

そして祭壇上の遺影と遺灰箱に、語りかける。

「タロー、さあ、お祝いですよ」

写真立ての遺影を胸に抱きしめ、そのまま食堂へ連れてゆく。

そして美しく整った食卓に置いた。

「――誕生日、おめでとうタロー」

シャンパングラスを掲げる。

「今夜はあなたの孫が、お祝いのご馳走《ちそう》を用意してくれたんですよ」

その瞬間だった――。

ルネの前で、遺影と共にすべてが覆《くつがえ》った。贅《ぜい》を凝《こ》らした料理も、高価な皿やカトラリーも、テーブルクロスまでが、すべて――。

「静っ！」

ルネはシャンパングラスを手にしたまま、飛び退《すさ》った。その足下に、食卓の上のものが雪崩《なだれ》のように転げ落ち、散乱する。

その向こうに、まったく無表情の静が、仁王立ちしている――。

「静っ！　あなた、何、を……！」

「ルネ……」

割れた皿の破片をパリリ……と踏みしめて、静が近づいてくる。

「ルネっ……！」

静に両の二の腕を摑まれて、ルネはシャンパングラスを取り落とした。そのまま、わけもわからず男の体に引き寄せられる。

「――ン……！」

覆いかぶさられるように、唇を奪われる。

「ン――――！」

乱暴なキス。何かが胸元で、びりっと引きちぎられる音――。

繊細なレースを使ったシャツが破れ、ミルク色の胸元が露《あら》わになる。首回りには黒いリボンタイだけが残り、ルネ自身気づかないうちに、首輪をつけられたような扇情的《せんじょうてき》な姿になった。

「し、静……！」

腕を搦め捕られ、力任せに引かれた。つんのめるように引きずられていった先は、タローの祭壇の前だ。

そしてあろうことか、静はルネをタローの遺灰箱の真横に押し伏せて、その白い胸から腹にかけてを剝き出させたのだ。白ユリの花をいっぱいに活けた花瓶と、小さな遺灰箱が、かたんと鳴る。

「静！」

何が起ころうとしているのかを、ルネはようやく悟った。あまりのことに、自分でそうとわかるほど顔から血の気が引く。

「やめて……！　やめて下さいっ、静！」

首元でしゅっと絹鳴りがし、リボンタイが引き抜かれた。それを使って、抵抗する手首を頭上で縛《いまし》められる。身を起こそうとしてできなかったのは、金具か何かに繋がれてしまったかららしい。

「し、ず……」

手首を縛められた半裸姿で、ルネは怯えながら目の前の男を凝視した。どうして、なぜ——と問うより早く、静が告げる。

「考えもしなかったよ」

男の指が、震えながらルネの唇を辿った。

「——今夜がじいさんの誕生日だったとはな」

「え……？」

「ルネ」

頤を摑まれる。

「俺は今の今まで、あんたが俺を祝ってくれているんだと思っていた」

「……？」

「俺の誕生日も、今日なんだよ」

な、と開きかけた唇を、強引に覆われる。

「ふ！　……ん、んんん……！」

口づけられ、突き込まれた舌で口の中を蹂躙されながら、ルネは混乱する頭の中で忙《せわ》しなく考えた。

――誕生日が同じ……？　タローと、静が……？

そんなことが、と信じられない思いで息を呑む。ありえないことではない。誕生日が同じ者同士など、世界中に何億もいるのだから、誕生日がたまたま身近な誰かと重複する確率は、それほど低いわけではない。だが、タローと静がそうだとは――あまりにもできすぎた偶然に、ルネは茫然とする。

「ま、待って」

縛りつけられた体が、男の下で波打つ。

「待って静、ぼくは、ぼくは――！」

「ああ、あんたは何も知らなかったんだろう」

ツキッ……と、胸に痛みが走る。静の指がルネの乳首を摘《つ》まみ上げたのだ。

「あ、っ……」

摘まみ上げられ、こりこりと揉まれる。ただそれだけで、ルネは声を漏らしていた。体の芯に、じんわりと痺れのようなものが広がっていく――。

「い、いやっ、静……！」

体をくねらせるたびに、顔の横でかたんかたんと音がする。それが綾太郎の遺灰を詰めた小箱だと気づいて、ルネは引きつるような悲鳴を上げた。

――そんな――この男《ひと》は、タローの目の前で、ぼくを……！

「あんたが俺の誕生日なんか知るはずがない――知っていても、祝ってくれるはずなんかないのに、な……」

「静……！　嫌だ、いやだ……！」

「期待した俺が馬鹿だったよ」

男が、くっ、と自嘲を漏らす。

くくっ、くくっ、と続く失笑に、ルネはごくりと固唾《かたず》を呑む。

それが、段々と正気の階段を踏み外していっているように聞こえたからだ。この男がルネを抱く時、かいま見せる、何か狂気じみたあの感じが、そこにあったからだ――。

しゅっ、しゅっ……と、衣擦《きぬず》れの音。

「ひ……」

がたん、と祭壇が大きく揺れる。ろくに抵抗もできないまま、ルネは腰から下に何も纏《まと》わない姿にされていた。

「静……静、やめて……」

掠れる涙声。跳ねる腰――。

「お願い、ここでだけは……タローの前でだけは、やめて……！」

「駄目だ」

男は無表情だった。それなのにその残忍な思いは、ひしひしと伝わってくる。ルネを深々と傷つけてやりたい——という、真っ黒い憎しみだけは——。

がたん、と祭壇の揺れる音。

白ユリの花をいっぱいに活けた花瓶が、バランスを崩して倒れる。

ガシャーン……！　と床で砕けたそれと、薄闇に暗く光る水。そして。

乙女のように清らかな白ユリの花が、床一面に散らばった。


静が前に体重をかけるたびに、その爪先で、白ユリの花が踏みにじられる。

ぐしゃ、ぐしゃりと花が踏まれる音が響くたびに、ルネの体に男の重みがかかる。白いクロスをかけた祭壇ががたんと揺れ、静に担ぎ上げられた両脚が空《くう》を蹴ってもがく。

「あ……あ……」

悲鳴を上げられたのは、ろくに慣らしもしないまま挿入されるまでだった。今はもう、喉も嗄れて、与えられる熱さと痺れるような感覚に吞まれて、ひきつけを起こしたように喘ぐのがやっとだ。

「し、ずか……静もう、やめて——……」

哀願する声も弱々しく、語尾は淫らな吐息に溶けてしまう。やめて、と言いながら褐色の陰毛に飾

られた性器は震え、悦びの涙を垂らして男の腹との間に透明な糸を引いている。ひどく淫蕩《いんとう》な姿だ。

かろうじて袖を抜いていない上半身も、シャツを裂かれてほとんど裸だ。両胸の尖りは指でぎりぎりと音がするほど抓《つね》られて、今はたまさか静の服地が擦れるだけで、腰が跳ねるほど痛い。

「お、ねが……許、して……！」

「駄目だ」

「――ァ……！」

突き上げられて、声にならない声が迸る。体が波打った拍子に、手首を縛るリボンタイが、なお一層ぎりっ……と食い込んできた。

「痛……っ」

痛みに苦しむ顔は、だが男を煽《あお》るだけだ。ルネの腹の中を焼きながら食い荒らしている熱塊《ねっかい》が、また硬さを増した。

「ああ……！」

まだ続くのか。一向に果てる気配のない男の硬さを感じながら、ルネは絶望感に目の前が昏くなった。これ以上続けられたら、死んでしまう――。

「ごめ……なさ…………」

ルネは目の前で自分を苛《さいな》んでいる男を、涙の底に溺れるような目で見つめながら言った。

「静……っ。ごめ、ごめん、な、さい……！」

男がひどく怒っていることは、わざと痛めつけるような抱き方でわかる。ぶつけてもぶつけても鎮《しず》まらない怒りで、彼の腸《はらわた》が滾《たぎ》っていることが、激しい欲望や熱となって伝わってくる。

『俺の誕生日も、今日なんだよ――!』

違う、違う――。

そんなつもりじゃなかった。絶対にそんなつもりじゃなかった。義理の祖父と孫であるふたりの誕生日が同じだなんて、思ってもみなかった。知っていたら、彼のほうを無視するなんて決してしなかった。同じようにお祝いしていた。決して、綾太郎と引き比べて、静のほうをないがしろにしたわけじゃない――!

「しず――!」

幾度目か、幾十度目かの「ごめんなさい」を言えなくなったのは、男の唇に口を塞がれたからだ。ちっ、と舌を打つ音が聞こえるような、苛立たしげな口づけだった。

「ン」

舌を絡められ、息遣いまで奪われた。首を振ってもぎ離そうとする動きを、顎を摑んで止められる。

「ン、ンン……!」

執拗なキス。

やがて、ルネの体からくったりと力が抜け、息も絶え絶えになる頃、やっと唇が解かれた。

「謝るな」

静が怒った顔で言う。

「自分が何をしたか、ろくにわかってもいないのに、口先だけで謝るな」

「静……」

「あんたはわかってない。わかってくれない」

怨み言が、目の前の男の唇から降ってくる。

「俺の気持ちなど——何ひとつわかっていないくせに、わかろうともしないくせに、上っ面だけ俺の機嫌を取ろうとするな……！」

「っ——！」

左右の尻を鷲摑まれる。もうこれ以上は無理だと思っていた深さから、さらに静の先端がめり込んでくる。異物の侵入を拒もうとする本能的な動きが、それを食い締める。だがそれは逆に、ルネの腹の芯に男の大きさと硬さを、拒みようもなく深々と刻み込んだ。苦しさに、背筋が捩じれ、反る。

「う、うっ……」

その瞬間、背骨に沿って、激しい閃光のようなものが駆け上がってきた。それが脳髄に達した瞬間、意識がふっと暗黒の世界に堕《お》ちる。

落下した闇の坩堝《るつぼ》の中に、ルネは全身がすっかり沈むのを感じた。何もかもが消え、何もかもが見えない。ただ、男の息遣いと、穿《うが》つ動き、そして接する肌の熱さだけが感じられる。

そこは理性の完全に消失した世界だった。乱暴に突きのめされてわけがわからなくなり、頭の中が蜜のように蕩《とろ》ける。

いつしか、ルネは男の肩に担がれていた両脚を自ら降ろし、すんなりとしたそれを男の腰に回していた。尻の後ろで踵《かかと》を組み、もっととと促すように引き寄せる。

静の呻きが上がった。腰使いが激しくなり、ルネは祭壇のクロスの上で嵐に揉まれるように揺さぶられた。犯される獣になり、自分を犯す獣とただひたすらに番った。

頭も体も爛《ただ》れて蕩けて、もうまともにものを考えられない。

——静、しず、か……!

そんな中で、ふとひとつだけ、思いが浮かぶ。

どうしてこの男《ひと》は泣いているんだろう……と。

ほとんどまともに焦点を結ばない視界の中で、その黒い瞳だけが鮮明に見える。

どうして、こんな悲しそうな目をしているんだろう。どうして泣きながら、ぼくを抱いているんだろう——?

ぼくを思いのままにしているのに。

こんなに、めちゃくちゃに玩具にしているのに。

なぜ彼は泣くのだろう。どうして残酷に、声を上げて笑わないのだろう。こんなにひどくぼくを犯しているのに。思いきり欲望をぶつけているのに、何が満たされなくて、涙を流すのだろう——?

この男を抱きしめてやりたい、とルネは思った。欲望からではない抱擁で、静を包み込んでやりたい。悲しいことがあるのなら、せめてこの腕の中で、彼を泣かせてやりたい。焼けつくような思いで切望する。

だが両腕は、縛られていて動かせない。そのことに、ルネは怒りではなく落胆を感じた。これでは、彼を抱きしめてあげられない――。

(変だな)

ぼんやりと、心の隅に追いやられた自我の端で、考える。

(ぼくは暴行されているはずなのに)

そもそもこの腕を縛りつけたのだって静だ。なのにそのことに怒りも怨みも湧かないなど、どうかしている。

(それどころか――……感じて、痺れて……たまらない……)

おかしい。ルネは男に乱暴されて悦ぶような淫乱症ではない。被虐嗜好《ひぎゃくしこう》もない。そもそも性欲だってそれほど強くはない。ない、はずだ。

だが段々、自信がなくなってくる。この唇から零れる吐息と、嬌声と、涎《よだれ》の熱さはどうだ。口先でも心の中でも「嫌だ」と叫びながら、どうしてこんなにもきつく、両脚は男の腰に絡んでいるのだ。

ここは神聖な祭壇だ。死んだ恋人が、綾太郎がそばにいる。この狂態を見ている――と感じるたびに、死にたくなるような羞恥と悔しさに心がのたうちまわるのに、同時に下腹の奥が滾るのは――精通路が熱く濡れるのは、どうしてだ――……。

その時、脳髄を一条の光が貫いた。天啓と呼ばれるそれは、だがルネの心にかすかに「わかった」という感触を残して、すぐに消え散った。一瞬の花火のように。

——わかった……ような、気がしたのに……。

静の心が。

怒りながら泣いている、彼の気持ちが。

彼がルネに、何を求めているのか。

本当は何をして欲しかったのかが——。

(わかりかけた気がしたのに……)

心の中で、ばらばらだったものが繋がったような気がしたのに——。

「う、——ッ……!」

強引に引き抜かれる。腸《はらわた》をごっそりと腹の中から引っぱり出されたような気がした。

静の腕が、ルネの体勢を変えさせる。リボンタイがぐりっと一周捩れ、うつ伏せにされた。

腫《は》れ切った両胸が、クロスに擦れる。ひっ、と痛みに引きつる背に、男の唇が落ちた。

「まだだ」

その唇が、肌に触れたまま囁く。

「まだ、離さない——……」

後ろから串刺されるにぶい痛みに、ルネは声もなく背を反らせた。

◇　◇

──ルネ、ルネ……。

もの柔らかな女性の声が、ルネを呼ぶ。

──かわいそうなルネ、さあ、苦しい時間は終わったわ。もう大丈夫よ。大丈夫よ……。

ルネはゆっくりと目を開け、泥のように重い体を、ベッドの上に横たえていることを意識した。

部屋が明るい。すでに夜が明けている……。

（……っ、喉が痛い……）

眠っている間、よほど荒い呼吸をしていたのだろう。喉の奥が乾き切って嗄れている。するとルネの苦しみを察したように、すっと横から吸い飲みの口が差し出された。

注ぎ込まれた何かの果汁を、貪《むさぼ》るように、ごくん、と飲み下す。

「──アルマ……」

視線を上向ける。

ベッドの傍らから、それを差し出しているのは、銀色の髪の老婦人だった。いつもながら髪も衣装も完璧に決めた姿で、ルネの顔を覗き込むように、にこりと笑う。

「おはよう、ルネ」

ごく普通の朝の挨拶のような声で、アルマは言った。

「気分はどう？」

ルネは枕の上で頭を動かして、周囲を見回した。ここは綾太郎の寝室だ――。

いったい、何が起こったのだろう。ルネは顎を引いて老婦人を見た。

「――……どうしてあなたがここに……？」

「今朝、帰国前の挨拶に立ち寄ったの」

歌うような美しいフランス語だ。

「そうしたら、どうしてだかムッシュ・アイザワがいて……あなたを託《たく》されたの。おかげで予定の飛行機をキャンセルする羽目になったわ」

「……」

そうだった、自分は彼に……あの男に……。

肌掛けの下から両手を引きずり出して、顔の前に掲げる。両手首にくっきりと、リボンタイで縛られた痕が残っている……。

重くゆっくりとした衝撃が襲ってくる。自分は犯されたのだ。強い憎しみと、怨みを込めて――。

「……静は……？」

昨夜のすべてを思い出せば、自分は錯乱するだろう。そう感じたルネは、血の気の引いた顔を覆って震えながらも、あえて平静にアルマに尋ねた。

聡明なアルマもまた、そんなルネの心情を察したかのように、ゆっくりと宥《なだ》めるような声で告げてくる。

「彼は帰ったわ。お店があるからって——。もしあなたが希望するなら、病院へ連れて行ってやって欲しい、って言ってたわ」

ルネには静がそう言った理由がわかった。今、ルネの体には、全身にあからさまな情事の痕跡が刻まれている。意識がない状態で医療にかかれば、本人の意思如何《いかん》によらず、他人にそれを見られることになる。症状の説明をするのに、言いたくないことも言わなくてはならなくなるかもしれない。よほど苦しければそれでも診《み》てもらうと言うかもしれないが、あるいはルネは、羞恥心からそれを望まないかもしれない——と、静は思ったのだろう。あの男らしい周到さだ。

「泣いていたわよ」

アルマの声に、ルネは顔を覆っていた手を退《の》けた。

「誰が——？　ぼくが？」

「ノン、ムッシュ・アイザワがよ」

アルマが吸い飲みを手に、立ち上がる。部屋を歩き回る時、靴《くつ》のヒールが床をコツコツと打つ音がした。

「ルネ、わたしね……彼に、『いつからこの子を愛しているの？』って尋ねたの」

「……アルマ……？」

唐突な話に、えっ、何――？　と驚きながら、ルネは部屋中を歩き回って用を足す老婦人を目で追った。

昨夜ふたりの間に何があったかは、聡い彼女にはすぐに察せられただろうが、ルネの体の痕跡といい、荒れた階下の部屋の様子といい、どう見ても相愛の恋人同士が穏やかに愛し合ったという風には見えなかったはずだ。それが――どうしてそんな話に？

「そうしたら彼ね、真っ青な顔で、『ひと目見たその時から』ですって……。初めて会った時だとすると、タローの葬儀の時かしら。きっと喪服姿で涙を流すあなたを見て、ひと目惚《ぼ》れしちゃったのね」

「……」

「でもそんなあなたが愛しているのはタローだけだと思い知らされて、我を忘れて憎さ百倍で、苛んで泣かせてしまったって――ひどく後悔しているみたいだったわ。放っておいたら首でも吊るんじゃないかって顔色で、わたし、心配でついて行こうかと思ったくらい」

そうだった。彼が激昂《げきこう》したきっかけは、ルネがタローの誕生日を祝おうとしたことだった。だが静はそれを、ルネが自分の誕生日を祝ってくれるものだと思っていて――。

「アルマ、じゃあ、静は――……」

瞬間、ルネに裏切られたと知った時の静の傷心に同調したかのように、ずきりと心が痛む。アルマはあくまで穏やかに、ルネを見つめて言った。

「ルネ、あなた……彼の気持ちに、まったく気づいていなかったの――？」

すべての事情を察したようなアルマの問いが痛い。

「彼――……あなたを、愛しているわよ……？」

階下で、ぼーん、ぼーんと柱時計が鳴る。

ルネは再び顔を覆った。

誰にも顔向けできない気持ちだった。だって、ぼくは……。

「……アルマ……ぼくは……」

（ぼくは気づいていた）

ルネは思った。くったりと重い全身に残る、男の愛撫の痕を意識しながら。

逢瀬《おうせ》のあとの、木曜日の朝。いつまでも体に残っていた、重い、爛れるような疼きの記憶を思い出しながら――。

（――ぼくは気づいていた。深く考えたこともなかったけれど、まったく気づいていなかったわけじゃなかった。本当は知っていたのに、それを直視したくなくて、タロー以外の人のことを考えたくなくて、無意識のうちに彼を心の外に押し出していたんだ……。本当は……すぐそこに、真実があったのに……）

自分を抱く仕草の、時にむごいほどの激しさと、ルネのすべてを征服せずにいられないかのような執拗さ。ルネの体からタローの痕跡を消し去ろうとするかのように、幾度も体の奥深くで射精し、ルネを穢すことへの執念。

そして少ない言葉の中の労り。手間暇をかけた料理の味。そしていつまでもルネの胸に居残り続ける綾太郎への、鋭い敵意。そのひとつひとつに、今思えばひたむきなルネへの想いが込められていた。ルネは本当は、ちゃんとそれを感じ取っていたのに、死んだ恋人をしのぶことで精一杯で、まったく心を傾けなかった。

静は、その間、体はくれても心はくれないルネの仕打ちに、じっと耐えていたのだ。ルネの目が死んだ綾太郎ばかり追うことに耐え、自分に関心を向けてくれない寂しさとつらさに耐え、時には綾太郎の思い出の家を破壊しようとする敵と見なされることにすら耐えて、ずっと自分のやり方でルネに注ぎ続けてきたのだ。

――報《むく》われない愛情を。

(静……)

涙腺《るいせん》が痛む。涙が、目尻からこめかみに伝わり落ちた。

これは報いだ、と顔を覆いながらルネは思った。静からの報復という意味ではない。神罰だ。自分は何か目に見えないものから、これまで重ねてきた不誠実や嘘や欺瞞の罰を受けたのだ。綾太郎を心から愛している、その想いは彼が死んでも変わらない――と、崇高《すうこう》な愛の天使よろしく振る舞っておきながら、自分に向けられるもうひとつの愛を、傲慢に踏みにじってきた。静の怒りと錯乱は、その報いだ……。

「アルマ……ぼくは」

「誰かと誰かを同時に同等に愛せないのは仕方がないことよ、ルネ」

水に浸《ひた》して絞ったタオルでルネの顔の周りを拭いてやりながら、まるでルネの心を読んだかのようにアルマが言う。

「あなたは決して、わざとやったわけではない。それはムッシュ・アイザワも理解していたわ。理解していてなお、あなたへの憎しみを抑えられなかったのは……愛情ゆえとはいえ、やっぱり彼の罪だわ」

「……」

ルネは考え込んだ。アルマは常に正しい。そして公平で慈悲深い。ルネのタローの他には目を向けない頑なさも、静の暗い執着も、決して責めない。責めずに、ただ自分の心に向き直れと告げる。きっと静に対してもそうだったのだろう。穏やかに、だが容赦なく、自分のしでかしたことに動揺している彼に尋ねたのだ。ルネを愛しているのか——と。

「ムッシュ・アイザワが憎い？」

「……——っ」

ルネは間髪を容れず首を振った。今は彼を傷つけ続けてきた自分自身を許せない気持ちでいっぱいだ。それに、彼に犯されている間、仄暗い、痺れるような悦びに浸されていたことも、否定できない。

（ぼくは……悦んでいた）

ずくりと腰から下が疼く。

（あの時、彼に穢され、奪われ、征服されることを、ぼくは愉《たの》しんでいた……）

彼が暴力的であればあるほど感じた。やめて、もう許して――と泣きながら、幾度も体の奥深くまで男を呑んだ。その体勢で震えながら彼を食い締め、静が射精するたびにその熱さを、淫らな歓喜の中で受け止めた。

タローの遺灰箱が真横にあったのに。

ルネは男に抱かれる悦びに震えていた。タローの魂の前で、愛する男の目の前で、他の男に腰を振って啼いたのだ。自分は――！

それを思うと、死にたくなるほどにいたたまれない気持ちになる

だが考えてみれば、ルネがそんな体になったのは、静のせいだ。

静が……あの男が、ルネを淫らな体にしてしまったのだ。タローとの穏やかな交わりで充分に満足していたルネを、男を愉しませ自分も愉しむ淫蕩な愛人に変えてしまったのだ。

それを思うと、やはり静が憎い。いや、恨《うら》めしい。

（ぼくは、ずっと今までのままでいたかったのに――……。タローがいた頃と、何ひとつ、変わりたくなどなかったのに……）

もう、静が憎いのか愛おしいのかもよくわからない。混乱して泣き、しゃくり上げるルネを、アルマは赤ん坊にするように「よしよし」と肌掛けの上から労った。

「もう一度眠りなさい、ルネ。眠りは傷を癒やして、心の中を整えてくれるわ」

「アルマ……」

「ムッシュ・アイザワを許したくないのなら、それでいいのよ。あなたが制裁を科したいと望むのなら、彼は甘んじて受けるでしょう。これっきり縁を切ることだってできるのよ？」

「……っ……」

「でもまず、その前に、あなた自身が、彼に対してどうしたいのかを、しっかりと見定めておかなくてはね。ルネ」

とんとん、と肌掛けの上からやさしく叩く手。

若い頃から恋多き人として鳴らしたというアルマは、だが数度の結婚のいずれでも子供は授からなかったらしい。それなのに、彼女はどこまでも慈母のようだ。

「アルマ――」

「なあに？」

「もう少し、ここにいて――……？」

多忙な彼女を引き留めてはいけない。そう思いつつ、ルネは老婦人の袖に縋《すが》らずにいられなかった。

「ええ、いいわよルネ」

アルマは躊躇しない。きっとすぐにでもフランス行きの飛行機に乗らなくてはならないのだろうに――。

「おやすみなさい、愛しいルネ」

穏やかな声を聞きながら、ルネは両目を閉じた。

手首に刻まれた痕跡《スティグマ》が、熱く疼いた。

◇　◇

——元気でね、ルネ。きっと大丈夫。自分の心に嘘をつくことをやめれば、人生はだいたい収まるべきところに収まるものよ……。

三日後、アルマはルネを抱擁し、胸元に手を添えながらそう言い残して、機上の人となった。

「心に嘘をつくことをやめる、か——」

それができれば苦労はしないな……と、ルネは空港からの帰路、バスの窓ガラスに頭を押しつけながら苦笑した。今日もコートや靴まで漆黒《しっこく》で統一した装いだ。金髪の白人青年が物憂《ものう》そうにしている様子を見て、帰宅中の女子高生たちがひそひそと内緒話を交わしている。そうとは知らないまま、ルネはため息をつく。

（アルマには、何も隠せないな……）

そう、一番の問題は、何よりルネが自分の心がどこにあるかを見失っていることにあるのだ。静も、ルネの心が完全に自分にはないと見極めているのならば、苦しんだりはしないだろう。ルネが自分を憎からず想っている気配が伝わっているからこそ、静は惑わされ、虚《むな》しいと知りつつ期待を抱き、裏切られて失望し傷ついているのだから。

（ぼくは、静を好きなんだろうか――？）

おそらくそうなのだろう、とは思う。

たとえば静がもっと野卑で俗物で、あの物静かさや高貴《ノーブル》さなど欠片もない男だったら、初対面の時、たとえ綾太郎の形見の家を守るためであっても、彼に体を与える気になっただろうか――答えははっきりと否《ノン》だ。それなのにきっぱり「愛している」と断言できないのは、ひとえに彼の容姿が亡き綾太郎に似すぎているからだった。

（ぼくは心のどこかで、静をタローの身代わりにしているんじゃないだろうか……）

もしも静が亡き人に似ても似つかない容姿を持っていたら、たとえ彼がどんなに素晴らしい男性でも、こんな風に心を惹《ひ》かれたりしなかったんじゃないだろうか――。そう考えると、ルネには途端に自信がなくなってくる。綾太郎の時は、ほとんどひと目惚れで、彼を愛しているかどうかわからない、などと迷う暇など一瞬たりともなかったから、余計にだ。

――二度目の経験というのは、案外面倒だ。どうしても一度目と比べて、こうじゃなかったああじゃなかったと考えてしまう……。

最寄《もよ》りのバス停でルネは下車し、物憂い気分で街を歩いた。時刻はすでに夕刻近い。

そしてルネは、旧逢沢邸の玄関前で、鬼の形相《ぎょうそう》で仁王立ちしている老人と行き会ったのだった。明らかに帰宅を待ち構えている風だ。

（あ、まずい）

踵を返そうかと考えたその瞬間、老人は「ちょっとあんた！」と横柄《おうへい》な口調で声をかけてきた。

町内会長だ。また何か文句をつけに来たらしい。

ルネは焦《あせ》りながら考えを巡らせた。最近、生ごみはカラスに突《つつ》かれないよう用心していちいち古新聞で包んで出しているし、町内会費は今月分も遅れずきちんと払ったはずだ。ああそういえば、ここ三日ほど寝込んでいたせいで、家の周囲の道路を掃《は》いていない。庭の樹木の多さのせいで、旧逢沢邸周辺は秋冬は尋常《じんじょう》でなく落ち葉が散乱する。側溝《そっこう》を詰まらせておくと雨が降った時水があふれて困ると言われて以来、ルネは毎朝の日課として落ち葉掃きをしていた。それがここ数日のあれこれで滞っている。きっとそれだろう……とため息をついた時、老人はルネに指先を突きつけてきた。

「あんたね、実はこの近隣でちょっと噂になっとるんだが……夜毎《よごと》にどっからか男が通って来とるというのは本当かね？」

ルネは老人の指先に押されるように顎を引きつつ、眉を寄せた。おそらく近隣の誰かが静の訪問をたまたま何度か目撃したのだろう。それが人に伝わるうちに「たびたび男が来ている」になり、いつのまにか「夜毎」にまで話が膨《ふく》らんでしまったに違いない。

（冗談じゃない。あの静に毎晩通われたりしたら、ぼくの体がどうにかなってしまう——……）

毎晩毎晩、静に両手首を縛り上げられ、苛まれて泣く自分。つい卑猥《ひわい》な想像をしてしまい、顔が派手に赤らんだ。老人はそれを見て、いかにも軽蔑した風に鼻を鳴らした。

「前の物書きのじいさんと暮らしてる時にゃ、ちょっと変だと思いながらも、まだ住み込みの秘書か介護人かもしれんと思うとったが……。あんたはあれかね、金をもらって男から男へ渡り歩いとる愛人業か何かやっとるのかね？」

「な……！」

ルネは頭に血が上るのを感じた。

ひどい侮辱だった。だがルネが怒った本当の理由は、その憶測《おくそく》があながち間違ってもいなかったからだ。ルネは綾太郎の愛人だったたし、彼の死後、それほど間を置かずに次は静の愛人になった。この老人や近隣の住民には、さぞかししたたかに男に言い寄り、寄生して生きているように見えるのだろう。実際、静とはまったく金銭の絡まない関係とは言えない。他人の目から見て、自分がどれほど卑劣なことをしているか――思い知らされたくなかったことを、ルネは思い知らされてしまったのだ。

そんなルネの様子に、我が意を得たりとばかり、町内会長は早口にまくし立て始める。

「男同士ってこともアレな上に、あんた、そういう噂を近在の子供が聞きつけたら、どんなに教育上好ましくないことになるか、わかっとるのかね。今どき中学生にもなりゃあ下半身だけは一人前だ。あんたみたいな、金を払えばそういうことをさせてくれる人間が身近にいると知ったら、奴らありまる欲に駆られて何をしでかすかわからん。中学生や高校生の子を持つ親は、皆心配しとるんだよ」

「……！」

「そんな――！　わたしはただ、ここで平穏《へいおん》に暮らしているだけで……！」

「別にわしらは、あんたが何者で、何をしていようと構わん。だがあんたがここにいることが、この町内に不安の輪を広げておるんだ。実際、不審者の徘徊も目撃されとる。屋敷の老朽化のこともあるし――どこかよそへ行ってもらえんかね？」

禿頭の老人のいかにも嘲りを含んだ視線が、ルネを見上げる。

「男漁《あさ》りなら、どこへ行ったってできるだろう。いやむしろ、こんな住宅街よりもっと都心の繁華街とか、あんたにふさわしい場所ってもんがあるんじゃないか？」

「侮辱はやめて下さい！　ぼくは……！」

「何を揉めている」

突然、背後から声がして、ルネは飛び上がりかけた。抑揚の乏しい、聞き慣れた声だった。

「静……！」

「声はするのに、なかなか帰ってこないと思ったら」

静は旧逢沢邸の、草木が茂り放題の庭から現れた。町内会長が、「あんた、いつの間に」と啞然《あぜん》としているところを見ると、よほど前から敷地内にいたらしい。

この寒空に、屋敷の外でずっとルネを待っていたのだろう。その姿を見て、ルネは心臓がじくりと痛むのを感じた。今は黒い袖口の下になっている、両手首の紅い痕跡も。

真っ先に脳裏に蘇ったのは、彼の激しさだ。そのたくましい体の下で、身勝手な腕に玩具にされている間、ずっと体の芯で感じていた、彼の――……。

熱い――……。

熱い――……！

「あんたら、何を見つめ合っとるんだ」

町内会長の呆れたような声で、ふたりはハッと互いから目を逸らせた。ルネは震えながら口元を覆う。どうしよう。今、口を開いたら、とんでもないことを口走ってしまいそうだ……。

「まったく、世も末だ」

さすがに相手が大柄な静では細身のルネの時ほど強気になれないのか、会長はやや俯いた姿勢でぶつぶつと言った。

「こんな変態どもが白昼堂々、大手を振って歩いとるとは――」

「変態？」

静が眉を上げげた。

「誰のことだ？」

「あんたらのことに決まっとるだろうが、ええ？　ゲイだホモだってだけでも気色《きしょく》悪いのに、前のじいさんが死んで、まだ間もないうちから――」

「おい」

静の手が、老人の胸倉を摑む。あまりにもあからさまな怒りの仕草に、ルネは思わず「静っ」と制止の手を伸ばした。腹が立つのは自分も同じだが、老人相手に暴力はまずい。

「何を勘違いしてるか知らんが――俺はこの屋敷の大家だ。言いがかりはやめてもらおう」

「お、大家……？」

「そうだ。俺は『前のじいさん』から遺産としてこのボロ家を相続した正当な持ち主で、この金髪の奴は店子《たなこ》だ」

老人は目を丸くした。

「じゃ、じゃああんたがここに通っとるのは……」

「家賃の徴収と立ち退《の》きの話し合いだ」

「……」

丸っきりの嘘ではないな、とルネは考えた。ものは言いようだ。確かに静は、ルネがここに住み続ける代価を「徴収」するために通っていたのだ。ただし、体でだが――。

「う、嘘をつけっ」

なかば吊り上げられながら老人は喚く。

「わ、わしは見たんだぞ。あんたらが、あんたらがっ……」

「見た？　何を見た？」

静はなおも手を緩《ゆる》めない。

「言え、どこから、何を見たんだ、ああ？」

「静っ、それ以上は――！」

暴力行為になる寸前に、ルネの制止を受けて静は手を放した。潰れるように地面にへたり込んだ町内会長は、「ひぃ」と悲鳴を上げながら立ち去って行く。

「無茶ですよ！」

ルネは思わず静に詰め寄った。

「暴力を受けたと警察に訴えられたら、どうするんですか！　あなたは立場のある方なのに――……」

「あのじいさんが警察なんかに頼るわけがない。十中八九藪蛇《やぶへび》になるんだからな」

「……え……？」

「いや、何でもない……。あんたが何ごともなく済むのなら、それが一番いい」

謎の言葉を呟いて、静はいかにも汚らわしいという風に老人が触れた手や腕をはたいた。

「……」

そうだ、この人は自分を助けてくれたのだ。ぼくのために、あの不愉快な男を追い払ってくれたのだ――と、ルネは気づく。

（お礼……お礼を言わないと）

だが静を見上げて口を開いたルネは、静と目が合った瞬間、声が出なくなってしまった。「あ……あ……」と硬直しているルネを見て、静は「無理をしなくていい」と短く告げる。

「さっきのは、別にあんただけを庇ったわけじゃない。世間の噂がうるさくなると困るのは、どちらかといえば俺のほうだからな」

ルネは「ムッシュ・アイザワはあまり取材を受けたがらない」というアルマの言葉を思い出した。たぶんそれは、同性愛者《ゲイ》であることを公表《カミングアウト》していないこととも関係があるのだろう。店の出資者あたりから口止めされているのかもしれない。

「……静……」

ルネは目の前の男を見つめ、静かに深く頭を下げた。

「この間は、ごめんなさい……」

「——何？」

「あなたを、失望させてしまって……すみませんでした。その、誕生日のこと——」

「あんた……」

静は唖然としている。ルネは顔を上げ、彼を見上げた。

「わたしはただ——あなたと、ちゃんとしたお友達になりたかった。あなたとの関係を最初からやり直したかっただけなんです。だから、タローの誕生日を一緒に祝って、そのきっかけにしようとしたんです」

あなたがわたしを想ってくれている気持ちを、わたしはないがしろにしていた——。心の中でそう呟いたルネの両肩を、静の手が摑んだ。

じわり……とその指に力がこもる。

「あんた……あんたって奴は……！」

「し、静――……？」

伝わってくる感情は、怒りだ。

「いったい、どこまで人がいいんだ？　俺は――俺はあんたを――……、したんだぞ……！」

さすがに住宅街の真ん中で言えることではなかったのだろう。犯した、とかレイプした、とかいう言葉は。

「それは、静……！」

「あんたは自分を大事にしなさすぎる！」

たまりかねたような、静の喚き声。

「最初からそうだ。こんなボロ家のために――じいさんのために、自分を犠牲《ぎせい》にして……！　死んだじいさん以外に大切なものがないのか、あんたは！」

「静……！」

もどかしげにゆさゆさと揺すぶられて、ルネは前後に揺れる。

「あんたにとっての俺は、どうでもいい自分をちょっと傷つけただけの、どうでもいい相手なのか！　あんなに傷つけられても……そんな簡単に許せる程度の男なのか！」

「――ッ……！」

ルネは、また自分が失敗したことを悟った。静を、この誇り高い男を労るつもりで、その自尊心を傷つけてしまった。彼は償うつもりだったに違いない。堂々と、罪を認めて謝罪するつもりだったに

違いない。その真心を、自分は無思慮に蹴飛ばしてしまったのだ……。

「ち、違うんです静、違う――！」

「――もういい」

乱暴に振り払うのではなく、かくり……と力が抜けるように、静はルネの肩を離した。えっと思う間に、その視線がルネから逸れる。

「もう、いい………あんたが、今もじいさんだけを大切に想っていることは、もう充分、骨身に沁《し》みた」

「し、静……？」

「関係を――やめてもいい。いや、もうやめよう」

疲れ切った表情だった。よく見れば目の下には隈《くま》が浮き、顔色もひどい。おそらく思いあまってルネを犯したあの日から、夜もろくに眠っていないのだろう。

「このボロ家はあんたにくれてやる。手切れ金と……あんたをひどい目に遭《あ》わせた分の慰謝料だ」

「静っ？」

「だから俺とはきっぱり切れてくれ。友達からやり直そうなんて言わないでくれ」

頼むから――と漏らされて、ルネは瞬間、何も言えなくなった。静の心の痛みが伝わってきた。涙などひと滴も見せなかったが、確かに静は泣いていた。

心の中で、どしゃ降りのように――。

この人は確かにぼくを愛している。強く強く、ぼくを想ってくれている。ルネがそう確信した時だった。

「あとはあんたの好きにするがいい」

吐き捨てるような口調だ。

「どこで暮らすのもあんたの自由だし、誰と寝るのも自由だ――……。あんたなら、すぐに新しい相手も見つかるだろう。絶対にあんたを傷つけたりしない、もっとやさしい男が」

次の瞬間、ルネは自分でも思いもしない行動に出ていた。

拳《こぶし》を固めて、静を殴ったのだ。

渾身の力で、思い切り――というより、とっさに、とりあえず一撃食らわせた、という感じだった。だからパンチとしてはへなちょこもいいところだったが、予想外の急襲だったことが功を奏して、静の長身が大きくよろめいた。

それを見ながら、ルネは驚いた。自分は今、怒ったのだ。生まれて初めて人を殴るほどに、激怒したのだ――。

「……ッ……！」

殴られて姿勢を崩している静を前に、絶句した。思いきり罵ってやろうと思ったのに、言葉が詰まって出てこない。怒り狂っている自分と、それを狼狽しながら見ている自分に、完全に分裂している。罵ろうとしているのは怒っているほうの自分で、それを押し留めているのは、狼狽しているほうの自分だ。それが半瞬置きに入れ替わって、収拾がつかない。

出てこない罵倒《ばとう》の代わりに、涙がぼろぼろ零れ出た。悔しくて、悲しくてたまらなかった。でも、何が――？

『あんたなら、すぐに新しい相手も見つかるだろう』

これだ。このひと言が、胸を突き刺した。ぐっさりと、奥深くまで――……。

自分はそんな風に見られていたのか。この男までが、自分を、次々に男を作る尻軽だと。

そんなに見くびられていたのか。そんなに、愛情の薄い人間だと、思われていたのか――……。

「帰って下さい」

これが自分の声か、と思うほど冷たい声。

「帰って下さい――！　お願いです。ぼくがまた殴ってしまわないうちに、ぼくの目の前から、消えて下さい今すぐ！」

「ああ」

静は殴られた部分をぐいと拭い、告げた。

「そうする――。安心しろ、もう二度とあんたの目の前には現れない」

「……」

「ルネ」

数歩、立ち去りかけた静が振り向く。

その頬が、紅く腫れ始めている。

「最後にあんたが、本音をぶちまけてくれて、よかった」

——はっ……、とする。

それは、きれいごとばかりで、本当の、心からの喜怒哀楽をなかなか見せなかったルネが、最後の最後に心底怒ったことへの、奇妙な安堵と喜びの言葉だった。ルネへの祝福の言葉だった。

(彼は喜んでくれたんだ)

去っていく静の背を見送りながら、ルネはよろよろと、門柱に手を突いて、思った。

(ぼくが、心のままに怒ったことを——……そうしたことを、喜んでくれたんだ……)

殴られたのに。

彼ほど誇り高い人が、ルネの拳を受けて、それでもなお、ルネが心を解放したことを、喜んでくれた——……。

心配してくれていたのだ。ルネが自分の心を抑圧《よくあつ》しがちなことを。死んだ恋人をあまりにも頑なに大事にして、自分の人生をないがしろにしていることを。

それほどに、愛してくれていたのだ。心から——……。

静の背が、曲がり角に消える。

「静……！」

ようやく、ルネはその名を呼んだ。

「静！　静待って、待って下さい！」

だがその声に、車のドアを閉ざす音と、エンジンのかかる音が重なる。

「静っ！」

ルネが走る。車が発進する。

「静ぁっ！」

ブロロロロ……と軽いエンジン音を残して、車が遠ざかる。

「静……」

どうしよう。

ひとり冬の町に取り残されて、ルネは途方に暮れる。

（どうしよう。どうしたらいいのだろう……！）

突き放してしまった。また手ひどく傷つけてしまった。

（愛して……る、のに……）

彼を愛し始めていたのに。たった今、それがわかったのに――……。

早く新しい相手を見つけろと言われて激怒したのは、そういうことだ。怒ったというより、突き放されたことが悲しかったのだ。自分と愛し合ってくれと言ってくれなかったことが、その臆病《おくびょう》な距離の取り方が、許せなかったのだ。

愛していたから。

自分もまた、彼を、愛して、いたから――……。

「どうして――……」

ルネは唇を噛んだ。どうして、あんなことを言ってしまったのだろう。帰れ、目の前から消えろ、だなんて。

どうして、こうなってしまうのだろう。自分たちは、互いに互いを想っているのに。

どうして、こんな隔《へだ》たりができてしまうのだろう。どうして、どうして……。

ルネは鉄柵《てっさく》に体を預けながら、瞼を押さえた。絞り出すように泣きながら、静の名を呼んだ。

真冬の風が、梢《こずえ》を揺らしていた。

◇　◇

夜半、旧逢沢邸の老いた建家《たてや》に、真冬の寒風が吹きつけている。

またいつかのように、スレート瓦《がわら》が飛んで、近隣住民から危険だと苦情を持ち込まれたりしないだろうか。ルネは仕事の手を止めて、不安な思いで天井を見上げた。

――あれから、静には連絡を取っていない。彼からも音沙汰《おとさた》がない。

あの日は一日泣いた。翌日もベッドから起き上がる気力もなく、泣き暮らした。翌々日もそうだった。だがルネも人から仕事をもらって生活している身だ。恋煩《こいわずら》いだけに日々を費やすわけにはいかない。生きている以上は、続けなければならない日常というものがある。

きちんと納期を守って仕事をし、素人なりに手の及ぶ範囲で屋敷の修繕管理をして、敷地の内外を完璧に清掃する。そして二階へ上がるたびに、綾太郎の部屋のドアにキスをする。時には春に備えて庭いじりをすることもある。植木の根元に肥料をすき込み、雑草を除いて土を起こした花壇に、種を撒《ま》いて球根を植える。比較的楽しいその仕事の時も、だが気分はどんよりと沈んだままだ。

もっと懸命に、行かないでくれと縋りつけばよかった。車の前に立ち塞がってでも、静を行かせるべきではなかった。あの時すぐに、彼に追いすがって、「愛している」と告白すればよかった。

そうすれば、彼と心を通じ合わせることができたかもしれない。どうしてあの時、その勇気が出なかったのだろう。綾太郎の愛を求めた時は、蛮勇《ばんゆう》と言っていいくらいの大胆さで向かっていくことができたのに。どうして静に対しては、愛していることに気づくのが遅れたのだろう。綾太郎の時には、ひと目で惹かれていることを感じたのに。

(――いや、こうして何もかもをタローの時と引き比べてしまうのが、よくなかったんだ。今思えばタローは、ぼくの必死さに免じて恋人として受け入れてくれたようなところもあったし……)

静は、綾太郎ほどルネを甘やかしてはくれない。ルネに狡さや逃げを感じれば、怒りを発して反応するし、嫉妬《しっと》心も執着も強い。ルネが知っている生ぬるい恋愛の作法は、彼には通用しなかった。そういうことだ。

(もっと、サムライ同士が白刃《はくじん》を抜いて決闘するみたいに、真剣に立ち向かわなくてはならなかったんだ。彼が抜き身で迫ってくる時に、ぼくが人形のようにぼうっと構えていたのでは、噛み合うわけがない――……）

今さら、自分の甘さを悔いる気持ちばかり湧いてきてしまう。それに、幾度も彼を苦しめてしまった、致命的な鈍感さも。

――もし、もう少し早く、ぼくが自分の気持ちに目を向けていたら……。

ふう、とため息の音。

「……甘いものでも飲もう……」

ルネは姿勢を変え、伸びをしてから立ち上がった。部屋を出て暗い階段を降りながら、闇に沈んでいる階下を見下ろす。

柱時計の音だけが、孤独に響いている。あちらこちらが傷んだまま、老体を労りながら生き延びているかのような、古い屋敷――。

「そう言えば、静はここをぼくにくれると言っていたな……」

手切れ金と、慰謝料として。

捨て台詞《ぜりふ》ではない証拠に、彼の依頼を受けたという弁護士から、実際に面会の打診がきている。おそらく静は正式にここをルネに譲渡するつもりなのだろう。

では、ここを守りたいという自分の最初の望みは、結局叶ったということになるのか。そう考え、ルネはくすりと笑った。

――皮肉だ。

死んだ恋人の形見であるここを手に入れる代償に、自分は静を失った。今は誰よりも愛している彼を。

（望みのものを手に入れたのと引き換えに、愛を失う、か……。まるで何かの童話のパロディみたいだ……）

ひゅおぉぉ……と寒風の音。

昔は専属の料理人がいたという、古いわりに広さだけは本格的な厨房で、古いコンロを使って湯を沸《わ》かす。電力の容量が足りないために、電子レンジも電気ケトルも置けないのだ。マッチかライターで火をつけなくてはならない重い鋳鉄《ちゅうてつせい》製のコンロは、中華料理もできる本格的なプロ仕様だ。静は難なく使いこなしていたが、たかだか飲み物のお湯一、二杯分を沸かすには火力が強すぎて不便だった。

それでもどうにか二杯の熱いショコラができ、ルネはそれを応接間に持って行った。一杯を綾太郎の祭壇に捧げ、遺灰箱にキスをし、一杯は自分で飲む。

暖房の入っていない旧逢沢邸の一階は、しんしんと冷気が降り積もるかのような寒さだ。

「……また、あなたとふたりきりになりましたね、タロー」

くすくす、と涙混じりに笑う。

「ごめんなさい、浮気をして――。でももう、それも終わりましたから――」

玄関灯《げんかんとう》以外に電灯をつけない薄闇の中で、初めに戻ったのだ、とルネは思った。綾太郎に先立たれ、

悲しみに暮れていたあの頃に。恋人の葬儀で、亡き人を若返らせたかのようなあの男《ひと》に出会う前に
――。

「タロー……」

ショコラカップを置き、祭壇の上の遺灰箱を、両手で捧げるように持ち上げる。

「ぼくはもう、これきり誰かを愛することはないでしょう。一生あなたとふたりきりです、タロー……」

それを悲しいと思ってはいけない。自分はまた以前のようにタローだけを想わなくてはならない……。そう思いながらも、双眸は涙で濡れる。

「……静……！」

それがひと滴零れ落ち、襟《えり》の上でぽたりと音を立てた、その時、リンゴーン……と重々しい呼び鈴の音色《ねいろ》が響いた。

続いて、けたたましく、どんどんどん、とドアを叩く音。そして。

「おおい、あんたちょっと、ブランシュさん！　開けてくれ！」

町内会長だ。ルネは驚く。すでに他家を訪問するには非常識な時間帯だ。人一倍マナーにうるさい老人が、いったい何事だろう。

「こんな時間にすまんが、さっきそこの小池《こいけ》さん家《ち》の敷地に不審者が現われたそうだ。旦那《だんな》さんが、この家の庭に逃げ込むのを見たって言うんでね。悪いが一緒に、庭をぐるっと一巡りしてもらえんか

ね？　おおい！　早く早く！」

寒風の音に混じって、喚くような声がドアの向こうから響く。

「ちょ、ちょっと待って下さい。今開けます……！」

その声に応えて——というよりは、無視を決め込んだらまたどんな噂を立てられるかわからない、という怯えから、ルネは鍵をひねり、ドアを引き開けた。

きぃぃ……と立てつけの悪いドアが軋む。

その向こうに、禿頭の老人の、真っ黒いシルエットが立っている。

その姿に、何か不吉な予感を覚えた瞬間。

ルネは側頭部に一撃を食らって、倒れた。その体の横に、鉄パイプのようなものが、カラン……と投げ出された。


倒れ込んだ瞬間、ふっと気が遠くなったが、かろうじてルネは意識を保った。その意識の中で、かちゃり……と鍵が閉められる音を聞く。

「……っ……」

そうだったのか。

ルネは絶望感に打ちひしがれた。すべてが繋がった。以前からたびたび感じていた覗き魔の気配は気のせいではなかったこと。静と喧嘩をしたあの夜に見た「タローの亡霊」は、この老人が目出し帽か何かをかぶっていた姿だったこと。そして「不審者の出現」は、この時間にルネに鍵を開けさせるための嘘だったこと――。

（っ、少しも気づかなかった――！）

この男は、ずっとルネを狙《ねら》っていたのだ。虎視眈々《こしたんたん》と、隙を窺っていたのだ。

うう、と唸《うな》りながら、必死で肘を突いて這いずり、逃げ出そうとする。だが黒衣に身を固めた老人は、そんなルネの両脚を抱え、もがいて抵抗するのも構わず、無理矢理、応接間まで引きずり込んだ。

「ふん、手間をかけさせおって、淫売が」

がつんと蹴転がされて、ルネは仰向けになる。

「ここに越してきた時から目をつけて、じいさんがくたばったら手を出そうと待ち構えておったのに、あっという間に若い男を引っ張り込みおって……。おかげでこの寒空の下、何日も藪蚊《やぶか》の出る庭でとぐろを巻く羽目になったわい」

ルネはぞっとした。この老人は、毎晩ずっと庭でルネを窺っていたのだ。そしてルネがシャワーを浴びたり、静と唇を重ねたり、痴話喧嘩をしたりする様子を、じっと窺っていたのだ――。

（――ッ、と待って……。ということは……アレ、も――？）

ルネの脳裏に浮かんだのは、綾太郎の祭壇に両手首を括りつけられ、静に犯された時の情景だ。一階でキス以上のことをしたのは、あの時だけだ。もしかして……。

「ほれ、ちゃんと用意してあるぞ」

そう告げられ、目の前でパンと音を立てて左右に張られたのは、古ぼけたネクタイだ。

「あんたは、こういうのが好きなんだろう？　知っとるぞ。あの夜も一部始終、ちゃあんと見とったんだからな」

「……！」

男に縛られ、腰を振って悦ぶあの場面を見られていた。そうと悟ってルネは、吐き気を催《もよお》した。嘘だ。誰か嘘だと言ってくれ。こんな奴に……こんな卑劣な老人に、犯されて喘ぐあんな姿を盗み見られていたなんて――……！

「安心せい。ちっと年は食っとるが、わしゃまだまだ元気じゃ。あんたにもたっぷりと、いい思いをさせてやるわい」

ひひっ、と卑劣な男が喉を鳴らす。その音を聞いて、ルネの意識が冴《さ》えた。

「――ッ……！」

倒れたまま、老人の向こう脛《ずね》を思い切り蹴り飛ばす。靴を履《は》いたままだったのが奏功した。老人はギャッとひと声喚き、脛を抱えて転がった。その隙に、ルネはよろつく体を起こし、必死に逃げた。

逃げようとした。

だが老人はしょぼくれた外見からは想像もつかないような俊敏さでルネに飛びつき、再び転倒させた。嫌な臭いを放つ男の体に伸しかかられ、ぞっと全身の毛が逆立つ。

「離せっ！」

何とか肘で振り払うように一撃を食らわせた。だがその報復に、打ち落とすような軌道の拳を三発ほど返される。ふっと意識が眩《くら》む中で、額から生温かいものが垂れ落ちてくる。頭皮のどこかを切って出血したようだ。それが目に入り、たちまち視力を奪われる。

「う……」

無様《ぶざま》にもがくルネに、悦に入ったような、狂ったような哄笑《こうしょう》が、頭上から降ってきた。

「ふん、淫売が生娘《きむすめ》気取りで逆らいおって」

老人は嘲弄しながら、ズボンの前を開けようとベルトのバックルを外している。

「一時も男がおらんと辛抱たまらん体なら、別に相手は誰でもよかろう。これからはあの男なんぞ必要なくなるくらい、わしが可愛がってやるぞ」

ルネはカッと目の前が紅く染まるのを感じた。

「ばかにっ……するな！」

湧き上がる怒りを叫びに乗せる。

「ぼくは一度だって——好きでもない男に抱かれたことなんかない！」

ルネは無意識のうちに断言していた。そうだ、ぼくは彼のことも、最初から——……。

こんな卑劣な男に穢されてたまるか。ルネは必死で周囲を手探りした。すると右手に応接間のテーブルが触れる。そういえば、ととっさに思い出したものを探して、妨害されながら卓上を探る。

ほどなく、重みのある硬いものが手に触れた。それを引っ摑み、記憶にある窓の方角に、思い切り投げる。

ガシャーン！　と窓ガラスが砕ける音がした。綾太郎が愛した古いステンドグラスの窓だが、今は惜しんでいる場合ではない。

誰か気づいてくれ、とルネは祈った。ぼくはもう動けない。誰か異変に気づいてくれ。お願いだ、助けてくれ――！

その時不意に、どんどんどん、と玄関のドアを連打する音が響いた。

続いて、「ルネ！」と呼ぶ大声。

「静！」

奇跡だ。静が来てくれた。ルネは絡みついてくる老人を必死で押し退けながら叫んだ。

「静！　静、助けて！」

「ルネ！」

バァン、と重いものがドアにぶつかる音がした。二度三度とそれが続き、四度目で鍵が、古びた真鍮製のノブごと壊れて飛ぶ。そして静の若い体が、ラガーマンのような姿勢で肩から転げ込んできた。

――ドアと鍵を新しいものに替えていなくてよかった。

ルネが真っ先に思ったのはそれだった。安易に新式のものを入れさせなかった綾太郎の懐古《かいこ》趣味が、ルネを助けてくれた……。

だがまだだった。まだルネはまだ助かってはいなかった。静はドアを吹っ飛ばした勢いがあまって壁に激突し、打ち所が悪かったのか数秒立てなかったのだ。その隙に、町内会長は老人とは思えぬ素早さでルネを打った鉄パイプに飛びつき、それを静に向かって振り上げた。

ガツ……！　とにぶい音が響く。まだ体勢を立て直せない静の肩を、鉄パイプが襲ったのだ。静は鎖骨を打たれ、ぐっと呻いて悶絶《もんぜつ》した。

「静っ！」

よく見えないまでも、気配でそれを感じたルネが叫ぶ。それに重なって、怪鳥《けちょう》のような笑い声が響き渡った。

「ひゃははは！　見たか若造どもめ！　わしの楽しみを邪魔するからじゃ！　貴様はここで、あの金髪の小僧がわしに嬲《なぶ》られるのを見物しておれぇ！」

再び、鉄パイプが降り上げられる気配に、ルネは息を吞む。

ガツ……！　と再びにぶい音。

沈黙。そして、ぎりっ……と何かが嚙み合うような響き――。

「ふざけ、るなっ……」

静が腕を翳《かざ》して受け止めた鉄パイプを摑み返し、懸命に押し返しながら呻く。

「あんたなんかに――！　ルネを触れさせてたまるもんかっ……！」

凶器を持った老人の力を、若い素手の力が押し返そうとしている。そう感じたルネは、テーブルやキャビネットの上にある小物を、手探りで取り上げては、町内会長のいるらしき方角に、めちゃくちゃに投げつけ始めた。中身は入っていない宝石箱。動いていない置時計。セーブルの壺《つぼ》。ペン立て。インク壺。活けてあった生花。水が入ったままの花瓶。写真立て。そして掌《てのひら》ほどの大きさの小箱――。

「ぎゃっ！」

そのうちのひとつが、上手く当たったらしい。ばらばら、と何か細かいものが散らばる音と共に、老人が悲鳴を上げた。そして「目が！　目が！」と喚きながら、遠ざかる喚き声を残して、旧逢沢邸内から転げ出て行った。

「ルネ！」

「し、ず……」

静の駆け寄ってくる気配に、ルネはよろめきながら手を伸ばす。

その手を、静は力強く握ってくれた。そしてすっぽりと、その腕と胸の中に抱きしめてくれる。

男の匂い。男のぬくもり。そして確かな力――。

あまりの安堵感に、ルネは気絶しそうになった。駄目だ。まだ駄目だ。静も怪《け》我《が》をしているのだ。まだ意識を手放してはいけない……。

そこへファンファンとサイレンの音が響き渡る。「誰かが通報してくれたらしいな」という声を、ルネは静の胸にもたれたまま聞いた。

「静……」

抱きしめてくれる力に負けない力で、抱きしめ返す。

「静、ありがとう……静……」

「いや、礼を言うのは俺のほうだ。それに」

珍しく苦笑する気配と共に、静が腕を緩める。

「あんたを守ったのは、俺じゃない。死んだじいさんだ」

「タローが……？」

どういうことだろう、と首を傾げるルネの手に、四角いものが載せられる。両の掌に包んで確かめてみれば、その蓋には覚えのある花喰鳥文様が刻まれている――。

「タ……タローの、遺灰箱――？」

「こいつの中身が飛び散って、目つぶしになったんだ」

茫然と空になってしまった箱を持っているルネの手を、静のそれが包む。

「すまない、ルネ……俺を助けるために。あんたにとってこいつは、死んだ恋人そのものだったんだろう――？」

「……っ……」

ルネは唇を噛みしめる。タローがいなくなってしまった。飛び散って、消えてしまった――……。

「いいえ、静――」

首を振る。

「タローはたぶん、身を挺《てい》して、わたしとあなたを助けてくれたんです……」

荒唐無稽《こうとうむけい》な想像だった。だがルネは確信していた。綾太郎の魂が自分たちを守ってくれたのだ。若い恋人と――義理の孫を。自らに所縁《ゆかり》のあるふたりの青年を。

「タロー……」

愛おしげに小箱を抱きしめるルネを、静がそっと支える。

その時、サイレンを鳴らすパトカーから、ばらばらと複数の足音が降り立つ音が聞こえた。車寄せを走ってくる気配に続いて、ふたりほどの人間の息遣いが、開きっぱなしのドアから飛び込んでくる。

彼らがあっと息を呑んだのは、流血しているルネを見たからだろう。

「ブランシュさん！　何があったんですか！　大丈夫ですか！」

「大丈夫なわけがないだろう！　見てわからないのか！」

静が、おそらく警察官なのだろう彼らを一喝《いっかつ》する。

「こいつは侵入者に頭を何発も殴られているんだ！　一分でも早く医者に診せなきゃならん。救急車を呼んでくれ！」

「わ、わかりました。すぐに！」

ひとりが連絡を取っている間に、もうひとりが進み出てくる。そして静に向かって問う。

「すみませんが一応、確認させて下さい。あなたの名は？　住所は？　ブランシュさんとの関係は？」

一応と言いつつ、はっきりと詰問《きつもん》する口調だった。静はこの家の住民ではない。ルネのことは把握している地元の警官たちも、彼には見覚えがないのだろう。町内会長のことを説明するまで、不審者扱いされてしまうのは無理もないことだ。

「この人は――！」

ルネは声を上げた。そして断言した。

「この人は、ぼくの……ぼくの恋人です」

警察官、そして静が絶句する気配が、夜の空気の中に広がった。

◇　◇

「ルネ、まだ寝ていろと言っただろう」

穏やかな冬日の夕刻。寝間着の上にカーディガンを羽織った格好で階段を降りてきたルネを見て、買い物袋を手に帰宅したばかりの静が眉を顰《ひそ》める。

「あなただって、まだあちこち痛むんでしょう？」

なのにそんなにまめに、ぼくの面倒なんて見てくれなくても――と続けようとしたルネを、静は遮った。荷物を置き、その手でルネの頭をぐるっと一周覆う包帯に触れる。

「俺は頭はやられていないから大丈夫だ。あんたは何発も殴られた上に結構たくさん縫《ぬ》ったんだぞ。ほら、部屋に戻れ」

「ぼくも大丈夫ですよ。あれだけ色々検査をして異常なしだったんですから」

「駄目だ。脳はあとあとどんな後遺症が出るかわからん。あと二、三日は大人しく寝ていろ」

「じゃあ、せめて応接間のソファで寝ていちゃ駄目ですか？　上にいると退屈で――」

静はルネの夕闇色の目を見下ろし、やがて「仕方がないな」という風にため息をついた。

「……どこでもいいから、とにかく早く横になってくれ。心配でたまらん」

案外心配性なんだな――とくすりと笑うと、ルネは静の手を借りて、猫足の古いソファに身を横たえた。そこにはすでにシーツと毛布で作った巣のようなものがあり、顔をすりつけると仄かに静の匂いがした。あの事件のあと、彼はずっとここで泊まり込んでいるのだ。自分も無傷ではなかったのに、ルネを放っておけないのだと言う。

――やさしいですね。

感謝の気持ちを込めてそう告げると、静は渋面《じゅうめん》になった。

――そんなことはない。

――じゃあ、今だけやさしくしてくれるんですか……？

――……そんなことはない。

わかっている。彼はまだルネを無理に犯したことを気に病んでいて、何とかそれを償おうと懸命なのだ。愛情ゆえのやさしさ――というより、懺悔《ざんげ》のような心情なのだろう。

『この人は、ぼくの……ぼくの恋人です』

あの言葉も、信じているかどうか――。

（あれから一週間経つのに、まだちゃんと話もしていないからな……）

静がルネを過剰に安静にさせたがるのは、たぶんまだきちんと話をする覚悟ができていないからでもあるだろう。だがいいかげん、ルネも焦《じ》れてきている。相思相愛だとわかっている相手とひとつ屋根の下にいるのに、キスどころか手を握ることもできずにいるのだ。

「ねえ、静……」

「そう言えばな、ルネ」

露骨に話を遮って、静は言った。

「町内会長が捕まったそうだ」

「え？」

「さっき、俺のスマホに警察から知らせがあった。あの年寄りが、よく一週間も逃亡できたものだ」

静の口調にはすでに生々しい憎悪はなく、ただ吐き捨てるような嫌悪感だけがあった。それはルネも同様だ。ただそうと聞いて、ふと思い出した疑問がある。

「静、なぜあの時、タイミングよくぼくを助けに来てくれたんですか……？　もう二度と来ないって言ってたのに、何か用事があって、たまたま近くまで来ていたんですか……？」

「それは――」

静は買ってきたばかりの桃の缶詰を、不自然に弄《もてあそ》びながら逡巡《しゅんじゅん》した。

「ねえ、黙っていないでちゃんと話して下さい、静。そろそろいいでしょう？」

ルネが横たわったまま見上げると、大きくため息をつき、口を開く。

「……俺は以前から、あの老人が覗き魔じゃないかと疑っていた」

「えっ？」

「以前、庭で追跡した時、一瞬ちらっと見えた影が、明らかに年寄りだったからな。だがそれだけじゃ何の証拠にもならん。単なる疑いの段階であんたに言っても、怖がらせるだけだと思ってな。それで時々、あんたに黙って、夜中にこの家の周りを警戒していたんだ」

そうだったのか――とルネは思うと同時に、呆れた。たかだかルネが怖い思いをしないように、などという理由でずっと口を閉ざしていたとは、この男の口の重さは筋金入りだ。だがルネはか弱い小娘ではない。怯えさせないように黙って守ってやろうなどと考えずに、さっさと話してくれれば、それなりに対策も立てていただろうに――。

ルネはため息をつきつつ、天井を見上げた。包帯の下の傷はもう痛みはないが、引きつれるような感覚が鬱陶《うっとう》しい。

「でも信じられない……。人一倍ルールに厳しかったあの人が、卑劣な覗き魔だったなんて――」

あの豹変ぶりを思い出すと、今でも虫唾《むしず》が走る。暗い中での目の錯覚だったとはいえ、あんな老人を一瞬でも綾太郎の亡霊と勘違いしたなんて――亡き人への冒瀆《ぼうとく》だ。

「人間てのはそんなものだ」

慰めるような口調で、静が言った。

「本性が卑劣であるからこそ、必死になって厳しいモラリストの仮面をかぶろうとする。本当の顔を隠そうとするあまり、過剰に正反対の人間を演じようとするんだ」

思慮深さを感じさせる静の言葉に、ルネは「そうですね」と頷く。

「たとえば……貞淑な喪服の未亡人が、夜な夜な若い愛人を引き入れては、痴態をさらしている……とか？」

「……」

静は反応に困ったような顔で黙り込んだ。痴態をさらさせたのは、他ならぬ彼自身だ。もしかして、皮肉を言われたと思ったのかもしれない。ルネは可笑しくなり、少し笑った。

「会長はたぶん——わたしの二面性を知って、興味を持ったんでしょうね。もしかすると、おかしな正義感から、許せない、と思ったのかもしれない」

「——ルネ」

「静……」

ルネは手を伸ばして、無愛想な想い人の手を握った。

「愛しています……あなたを」

「ル……それは——」

「言っておきますが、助けてもらった恩義を感じて言っているんじゃありませんよ」

ルネは先回りして静の逃げ道を断った。

「それから、あなたがタローに似ているからでもありません」

「……ッ……」

「ついでに言うと、あなたがぼくを想ってくれていることも、もうアルマから聞いて知っています」

「……！」

「ぼくたちはあの時、タローの葬儀の席で、互いにひと目惚れをしたんです。さあ、どうします？」

「ルネ……」

「ぼくにキスをしますか？　それとも――」

少しの間の沈黙。

やがてルネの視線に耐え兼ねたように、静が覆いかぶさってくる。気持ちが通じ合って初めてのキスは、まるで口封じのように唇を合わせるだけのものだった。

「ルネ……好きだ」

それから、やっと観念したように、静が告白してくる。

「だが惚れたのは、じいさんの葬式の時じゃない。五年前だ」

――え……？

さりげない、だが小さくはない爆弾を、静は落とした。

「五年前――？　どういうことですか……？」

五年前と言えば、ルネが綾太郎と共にフランスから来日し、この家に住み始めた頃だ。そんなに以前から、静はルネを見知っていたというのか。あの葬儀の日が初対面ではなかったのか。そんなことが——ありうるのだろうか——？

問いかけたいことがあまりに多すぎて、黙ったまま目を瞠っているルネに、静が重々しく口を開いく。

「五年前、俺はまだあんたたちとは逆にパリにいて……日本へは、年に一度帰国するかどうかだった。うるさい親族もいないフランスでの暮らしは気楽で、料理人としてのキャリアも順調に積み上がっていたから、いっそこのまま永住しようか、と思い始めた頃、勤めていた店が東京支店を出す話が持ち上がって、その関係で一時的に帰国することになった。まあ、結果的にその支店の話は立ち消えになったんだが、そんな時親族のひとりが俺に、綾太郎じいさんが今日本にいて、フランス人の愛人と旧逢沢邸で同棲していると知らせてきた。何か手を打たないと家屋敷を愛人に取られるぞ——と言われて、あんなボロ家ひとつどうなろうが構わんのに、と思いながら、愛人とはいったいどんな奴だろうと興味が湧いて、ふらっとこの家を覗きに来た……」

冬の晴天の一日だった。その時ルネは、庭で綾太郎と共に日光浴を楽しんでいたという。山茶花がとても綺麗だ、来年はもっと綺麗に咲いてもらうために、今年は土に肥料を入れてみよう——というようなことを話していたと。

「俺の目には、金髪で碧《あお》い目のあんたは、古い屋敷に住みつく、伝説の妖精のように見えた」

「……」

いきなり、現実主義者だとばかり思っていた男の口から「妖精」などという単語が飛び出して、ルネは驚く。この男《ひと》に、こんなロマンチックな発想があったのか……。

「日本に帰国して、自分の店を持とう。そう決心したのはその時だ――って言ったら、信じてくれるか――？」

「静……」

「それから時々、俺は柵越しにあんたを見に来ていた。怒らないでくれ。俺はそうして、じいさんがくたばるのを、じっと待ち受けていたんだ――」

ルネは目を瞠った。それはあの町内会長が言ったのとほとんど同じ言葉だった。なのにどうして、こんなに違って聞こえる――。

「この家を壊す――と言ったのは、あんたを一刻も早くじいさんの思い出から引き離すためだった。あんな年寄りのことなどどうせすぐに忘れる。俺が忘れさせてやる……などと、あの時は考えていた」

そうだったのか――とルネは思う。しかし結果的に、言葉の足りない説得は、ルネを一層頑なにしだけだった。話はこじれ、ふたりの関係を無用に複雑なものにした。

「あんたが俺の愛人になると言い出した時も、じいさんの形見のこの家を守りたい一心だとわかっていたから、内心複雑だった。じいさんの家を守ってくれる男なら、別に俺でなくてもいいのだろう、と思うと、つい怒りが湧いて、あんたにつらく当たってしまった」

「――ごめんなさい」

あの時の自分は、本当に愚《おろ》かだった。綾太郎の大切なものを守りたい、というのも本心だったが、ルネはそれだけで好きでもない男に自ら身を任せられるような人間ではない。好きな人以外からは触れられるのも嫌だ、という、ごく平凡な感性の人間なのだ。そのことを、ルネは町内会長に襲われるまで気づかなかった。その鈍感さのために、長く静を苦しめた。

謝罪の想いを込めて静の手を引き寄せ、その指に口づける。

「本当はもう、ぼくもあの時、あなたのことを好きになっていたんです。でも自分ではまだわからなかった。タローがいなくなったあとに、突然乗り込んできて強引に心の隙間を埋めていくあなたの存在を、どう受け入れていいかわからなかった」

ルネの告白に、静は同じ手指へのキスを返してくる。

「どうすればいいかわからなかったのは、俺も同じだ」

「静――」

「俺が愛人の話を断れば、あんたは他の男に身を任せてこの家を守ろうとするかもしれない。あの時の俺は、それだけが怖かった。五年も片思いのまま見つめてきたあんたが、他の男のものになる。それだけはどうしても嫌だった。俺はあんたの心が俺にないことを知りながら、あんたを抱くしかなかった。それに耐えられる、と思うほど、俺も馬鹿になっていた。そんなわけがないのに……」

案の定、静はルネの目が頑なに自分を見ようとしないことに耐えられなくなった。それが爆発したのがあの誕生日の夜だ。

「もう駄目だ、と思った。このまま行き場のない気持ちを抱え込んだままあんたに接していたら、いつかあんたを殺してしまうんじゃないかと、怖くなった――」

愛人関係を解消しよう、と言い出した時は、本気だったそうだ。ただ自分が去ったあと、町内会長がルネに危害を加えるかもしれないということだけが心配で、店が終わった深夜、そっとやってきては、遠くから見守っていたと――。

「手の届かない綺麗な妖精に惚れてから、五年だ。我ながら自分の執念深さに呆れたよ」

静は自嘲し、恥ずかしげに俯いた。

「そんなみっともない自分を知られたくなくて、冷たい男を演じていた。俺も、自分の本性とはまったく違う仮面をかぶっていたんだ」

静の本性。

それは、ひと目惚れした相手に五年も近づけず、それでいて一途《いちず》に想い続けずにはいられない、シャイで純情な青年だ。死んだ恋人を想いながら、同時に、新しく現われた青年にも心を惹かれずにはいられなかった多情なルネとは、正反対の――……。

「ごめんなさい、ごめんなさい静」

ルネは身を起こし、静を抱いた。胸の中に、彼のうなだれる頭を抱き込み、告げた。

「ぼくはあなたが思うような、清らかな妖精さんじゃありません。同時にふたりの男性を愛して、人を惑わす性悪の小鬼です」

「ルネ……」

「それでも――ぼくを愛してくれますか？」

散々にすれ違い、仮面の下に隠された本当の顔を知ってなお、人は愛し合えるのだろうか。それでも勇敢《ゆうかん》に、相手に向かって手を伸ばせるのだろうか。

「今はもう、タローよりもあなたを愛していると言ったら、信じてくれますか……？」

「ルネ――！」

「あなたに愛されたくてたまらないと言ったら――今すぐ、ぼくを二階のベッドに運んでくれますか……？　愛情を込めて、ぼくを抱いてくれますか……？」

答えの代わりに、静の腕がルネの体に回った。そのまま抱き上げられ、ほとんど走るような速度で階段を駆け上がる。続けて右に曲がりかけた静を、だがルネは首を抱いて引き留める。

「……タローのベッドへ」

ルネは性悪く、男の耳に囁きを吹き込んだ。綾太郎との愛の思い出がこもるベッドで抱かれ、彼への喪《も》を終わらせたかった。静は無論、異を唱《とな》えることはない。

廊下を奥まで運ばれ、両開きのドアをくぐり、広いシーツの上にふわりと降ろされる。素早く衣服を脱ぎ始めた静とキスをしながら、ルネは思った。

（ごめんなさい、タロー）

——あなたを忘れることは、永遠にないけれど……。

(さようなら、愛しい人)

ルネは目を閉じ、亡き人に別れを告げた。


静が素裸になるのを待って、ルネはベッドに横たわりながら言った。

「静……あなたが脱がせて下さい」

「ああ」

静は頷き、ルネのカーディガンに手をかけた。合間合間にキスをされながら、寝間着のボタンをひとつひとつ外され、胸をはだけられ、袖を抜かれる。静の手は繊細に動いた。その気になればルネを縛り上げ、引き裂くこともできる男が、やさしく接してくれている……。そのことに、心がときめく。

「——この間はすまなかった」

ルネの頭を引き寄せ、包帯の上と、その上下から波打つ金髪に口づけながら、静がぽつりと呟く。

「あんたをずいぶん、その……苛めて、泣かせてしまったな——」

あの時の罪は、どんなことをしてでも償う、と誓う静に、ルネは首を振った。

「静……。でも、わたしも、あなたを、その——う、受け入れ、て、いましたから……」

愉しんで蕩けていた、とまではさすがに言えない。もっとも静はそんなことは承知の上だろうが

――。

「いや、一番まずかったのは、あんたにそう感じさせてしまったことだ」

瞼にキス。

「体に触れられれば、それなりに反応するのは成熟した大人なら当然のことだ。だが無理矢理されているのに快感に喘ぐなんて、誇り高いあんたには屈辱的だっただろう。ましてじいさんの遺灰の目前で」

「――ッ……」

じゅっ、と焦げるような羞恥が、頬を熱くする。

それはさすがに、あまり思い出させないで欲しい、とルネは思う。自分はどんな目に遭わされようと許せるが、目の前で若い恋人を凌辱《りょうじょく》されて、綾太郎はどんな気持ちだったか――と思うと、今も身が縮む思いがするのだから。

すると静は、ルネの頭の包帯に指先だけで触れ、その指でやさしく薔薇色に染まる頬を撫でた。

「俺は、あんたが憎くて――。俺を受け入れて、何でもさせてくれるくせに、朝になればじいさんのために喪服を着続けるあんたが憎くて――あの時は、めちゃくちゃに傷つけてやりたいってことしか頭になかった。体だけじゃない、あんたが神聖なものとして崇《あが》め奉《たてまつ》っているものすべてを、ぶち壊してやりたかった」

罪を告白する静に、ルネは首を起こすようにしてキスを返した。

赦《ゆる》しの証《あかし》だった。

「静……早く、脱がせて」

静はもう全裸なのに、ルネはまだ下半身を脱いでいない。服地の下で下腹のものが熱く熟《う》れ始めていて、外で息をしたいと訴えている。

自分で脱がなかったのは、これが儀式だったからだ。ルネが喪の衣《ころも》を脱ぎ去るための。二度と喪に戻らないことを誓うための——。

（ねえ、それでいいんでしょう、タロー）

ルネは目を閉じて念じる。

（だってこの男《ひと》は、あなたが出会わせてくれた男《ひと》だもの——）

下衣から脚が抜かれ、ルネの裸身がするりと現われる。そのすべてを眺めまわしながら、静が眩《まぶ》しげに目を細める。

ルネはなぜか、その視線に対して堂々としていられた。はじらうことも隠すこともなく、静にすべてをさらした。

絹の繭《まゆ》のように、白い体を。

「綺麗だ」

「嬉しいです、静」

すんなりと長い両腕を伸ばして、覆いかぶさってくる男の首を抱く。

おかしな気分だった。すでに幾度となく体を重ねた相手なのに、肌に当たる感触のすべてが初々しい。まるで初めて抱かれるかのようだ。

「静」

男の頬に唇を寄せて囁く。

「……あなたが一番好きだ」

「俺のほうこそ」

お返しのようなキスが頬に降る。

「ひと目見た時から、あんたは俺の、世界で一番大切なものだ。あんたに焦がれて、フランスに骨を埋めるはずだった人生の航路を変更してしまうほどな」

あの庭の、山茶花の頃――。

この男《ひと》は、自分を愛し始めたという。ルネ自身は知らなかったそのふたりの始まりを想像して、胸が震えた。

かつて、ルネも愛する人のために住む国を変えた。彼について行くことを決め、自分の人生を変えた。

あの時のひたむきな気持ちと同じものを、静は自分に抱いてくれているのだ――。

感激のままに、唇を合わせ、舌を絡め合う。背中に滑り込み、貝殻骨《かいがらぼね》のあたりに指を立てる男の手の感触が嬉しい。お返しにルネも、しっかりと使える筋肉がついた静の背から腰を撫で下ろす。

次第に息が上がってくるルネの喉首を、静は幾度も小さく吸った。ちりっと小さく痛みとも痒《かゆ》みともつかない感触が走るたびに、ルネは頤を反らせて声を上げる。

「ああ……静……」

愛してくれている、と感じた。ルネのすべてに触れずにいられないような手と唇に、肌が温度を上げていく。静はルネを征服しようとし、ルネはそれを悦びの中で受け入れていた。

「静……させて下さい」

男の耳朶《じだ》を舐めるようにして、囁く。

静がひくんと反応した。意味が通じたのだろう。顔を上げ、「信じられない」と言いたげな目でルネを見つめてくる。

「ルネ……無理をしなくていい」

「していません。ただあなたにもっと深く触れたいだけです。ぼくが下手ではないことはご存じでしょう？」

静は少し困った顔をした。

「最初の夜に咥《くわ》えさせたのは、そうすればあんたが正気に戻って、やっぱりこんなのは嫌だって言うだろうと思ったからだ。本心からしゃぶって欲しかったわけじゃない」

その言葉に、ルネはついくすっと笑ってしまった。

「あの夜のあなたはずいぶんとひどい男だったのに——それも、わたしを想ってのことだったんですね」

「……いや、実は、本当の本心では、万一にもしてもらえたらどんなにか……とは思っていなくもなかったんだ、が――」

バツが悪そうに言葉を濁《にご》す静が、ますます愛しい。ルネは「静っ」と叫び、がばりと身を起こして飛びついた。

「わっ」

弾みで、覆いかぶさる姿勢だった静の体が、ごろんと横倒しになる。

「好きです、静」

この愛しさがどうすれば全部伝わるだろう、と思いながら、ルネは飛びついた男の頬に額を擦りつける。

「大好きです、大好き――……」

「ルネ」

「あなたの全身にキスしたい。隠れたところにも触りたい。お願いです、させて下さい」

静の腹筋に触れ、すっ、と撫で下ろす。

それだけで、静はたまらなげに眉を寄せた。もう勃起している。たくましいそれが愛しくて、するりと撫で、手で包む。

払い除《の》けられないのなら、それが返事と見ていいだろう。ルネは体をずり下げ、横向きに寝たまま静の先端にキスを贈った。小動物のようにぴくんと震える様子が愛らしい。

「——無理はしないでくれ」

せめても、という口調で言われ、こくりと頷く。

そのまま、舌と唇と頰の内側と、手指を総動員して静を愛した。わざといやらしく水音を立て、静に呻き声を上げさせる。

年増めいた言い方をするなら、すでに馴染《なじ》んだ逸物《いちもつ》だ。これが体内に入ってきた時、そして下腹の内を突き上げられた時、どんなふうに肉筒を押し開き、体の芯をめちゃくちゃに痺れさせるか、文字通り知り尽くしている。

それなのに、これを愛しいと感じるのは初めてだった。今までは受け入れるたびに怯えていた。感じるのを我慢して不感症のつまらない奴だと思われても困るし、逆に感じすぎて乱れ、呆れた淫乱だと軽蔑されるのも嫌だと、喘ぎ声を上げながら片目で静の反応を窺ってばかりいた。それでもいつの間にか理性が落ちて、気がつけば髪を振り乱してシーツを皺《しわ》がつくほど摑み、場所も構わず精液を放っていた。正気に戻るたびに、何か静の機嫌を損ねるような反応をしてしまったのではないかと、思い煩った。静はまだルネにとって、愛人として奉仕しなくてはならない存在だった。

(でも、今日からはもう、そんな心配をしなくていいんだ……)

その安堵感ひとつだけで、ずいぶんと大胆になれた。外見からはそうは見えないが、ルネにだって男性的な征服欲はある。自分の愛撫に感じて静が他愛《たあい》もなく呼吸を荒くする様子を感じて、胸が膨らむように満たされた。

静は「やめてくれ」と哀願したが、ルネは容赦なく男を追い上げて、自分の口の中で達《い》かせた。そこまでするのは初めてで、射精のあとは静のほうが狼狽した。

「まさか飲んだのか！」

ルネが微笑みながら頷くと、「馬鹿」と言われた。

「体に障ったらどうする……！」

「だって、結局中に出すのなら、上からでも下からでも大差は……」

手練《てだ》れくさいことを言うルネを、静は黙れとばかり強引に押し倒してシーツの中に埋めた。「まったく……」と呟かれつつ、再び仰向けの姿勢にされて、ルネは両腕を広げる。

「来て下さい、静」

「ルネ――」

「激しいあなたが欲しい」

熱い嵐に揉まれるような感覚は、静が初めて与えてくれたものだ。あっという間に上下の感覚さえも消失するそれが欲しくて、腕を上げ、静の頭を抱いて引き寄せる。

「馬鹿……」

煽るな、と呟いた唇が、重なる。熱い舌に口の中を清めるように舐め回されて、自ら脚を開こうとした時、不意に体を返された。

ぼふん、と音を立てて、枕を胸の下に敷いた姿勢にされる。腰を高く引き起こされ、膝を突いた姿勢で、ぎしり、と男が膝を詰めてくる音を聞いた。

「……っ」

期待が湧く――。

枕に顔を埋めながら、どくどくと高まる心臓の音を聞く。口に出しては言えないが、後背位で責められるのが一番好きだ。獣の姿勢で番うと、静と一緒に獣になれる。

ちゅっ……と、腰の一番高い位置を吸われた。唇の感触はそのまま舐めずるように臀部《でんぶ》を過ぎ、奥まった蕾に行きつく。

唾液で緩めるつもりらしい。きゅっと窄まった周りを丁寧に舌先で辿られて、「ひ」と悲鳴が漏れる。

くちゅ、くちゅと弄《いじ》られる音。そして中にまで、舌先が侵入してくる感触――。

「あああ……！　静、しず、か……！」

蕩けさせられるまでに、時間はかからなかった。早くそこに硬いものを入れられたくて、肉筒が食いつかんばかりに蠢動《しゅんどう》している。

「この姿勢なら、頭の傷に負担はないと思うが――」

もし痛むようなら、無理はするな、意地は張るなとくれぐれも念を押される。ルネがこくりと頷くと同時に、先端が押し当てられた。

念を押されたわりには遠慮のない力を込められ、めりめりと押し込まれる。押し込まれるにつれて、背筋に男の胸が密着するのがわかった。ルネの胸をしっかりと巻き絞めた腕が、両胸の尖りをまさぐってくる。そのまま深く挿入され、ルネは高い嬌声を上げた。頭の中が白く弾け、すべての感覚が消失する。

ルネの甲高い声は、あとを引いて長く響いた。

「あっ、あっ……！　アア――――ッ！」

かろうじて暗闇には落ちずに、自分の弾む呼吸の音を聞きながら、意識が戻ってくる。体は横倒しになり、静が最深部に到達した感触が、下腹の奥を満たしている――。

「ッ……？」

気づいた。静のものは、まだしっかりと硬いままルネの中を埋めている。それなのにルネの、褐色の陰毛に飾られたものは、芯を持ちながらも柔らかく萎《な》えていた。腹に飛び散ったものの匂いと、とろりと垂れ落ちる感触もある。

「あんた……」

静が背後から茫然と言う。

「あんた、入れただけで――」

ルネは息を呑んだ。静に呆れられた。そう思い、顔を真っ赤に染めた。半泣きになった。

「みっ……見ないで……！」

無茶を言った。体が繋がっている状態で、見ないでも何もない。

「見ないで……ぼくを見ないで下さい……！」

しくしくとしゃくり上げる。恥ずかしかった。早々とひとりで達ったことも、感じすぎて、この体の淫らさを知られたことも。

「あ……なたと、一緒がよかったのに……」

「ルネ」

「が、我慢できなくて……。あなたが熱くて、我慢できなくて――！」

「ルネ、俺は責めてるんじゃない」

顔を覆ってすすり泣くルネを、静が背後から抱きしめて宥めた。

「嬉しかったんだ。あんたが入れられただけで達くほど感じてくれて」

「静……」

「あんたは時々、献身がすぎるからな。俺を悦ばせることばかり考えて、自分はろくに感じていないのじゃないかと思っていた」

ちゅっ、と目尻の涙を吸われた。柔らかい感触だった。

「俺は――たぶん、死んだじいさんも、真っ先に考えるのは、何とかしてあんたにもっと好かれたいってことで、あんたを抱いて欲望を満たしたいってことじゃない」

綾太郎をそっくり若返らせた顔が、そう告げる。

「だから嬉しかったんだ。俺のことが心から好きだから、あんたは入れられただけで達った……違うか？」

真摯《しんし》に問いかけられて、ルネは背後を振り返り、そこに静の、からかうような色は少しもない表情を見て、ふるふると首を振った。

「違いません――あなたが好きでたまらない。こうして繋がってひとつになっていることが、夢のようで――」

囁くと、中に納まっているものが、ぶるりと震えた。歓喜の雄叫《おたけ》びを上げるように。

「ルネ」

ちゅ、とうなじを吸う音。

「俺のルネ……」

うつ伏せた姿勢で全身を愛された。硬く雄々《おお》しいものが出入りする長さが次第に深くなり、ルネは揺さぶられるままに声を上げた。

「静……！　ああっ、静、静――！」

ひたすら名前を呼んだ。そうすることしかできなかった。静はたくましく、ルネは長く長く愛された。達きそうな感覚をこらえるために摑んだ枕の形が、次第に小さく歪《いびつ》な形に引きつれていく。

「――ウッ」

やがて、静がルネを深く抱いたまま呻いた。そのまま細かく揺さぶり上げられ、促されるまま吐精

する。

静の先端が弾ける感触が、ルネの腹の中を焼いた。痙攣し、体を突っ張って、不意にかくりと脱力する。

ふたり分の、荒い呼吸音が響く――。

「ルネ……」

そしてその蒸れた淫らな空気がまだ散らない間に、静は背後から首を伸ばしてきた。キスを求められているな、とぼんやりと悟ったルネは、半分意識を失ったまま、その唇に応えた。

冬の夜が、深まっていった――。

◇　◇

ざわざわと、旧逢沢邸の一階に人の気配が満ちている。頭上には別物のようにきれいに修理されたシャンデリアが輝き、テーブルの上は美しくセッティングされ、すでに来客にはウエルカムドリンクが配られていた。

「ようこそいらっしゃいました、荻野《おぎの》さま。当館二階併設《へいせつ》の『鬼頭綾太郎記念館』の館長、ルネ・ブランシュです。お見知りおきを」

美しい礼装の——もう喪服ではない——ルネが玄関で来客を出迎えると、いかにも教養ありげな老紳士は、嬉しげに微笑んだ。

「ほう、じゃあ君がルネさんだね？　噂通り、いや噂以上に美しい人だ」

ルネは照れ笑いをする。

「光栄です、ムッシュ」

「おやおや、ムッシュときたか」

老紳士もまた、首を竦めてくすぐったげに笑う。

「いやでも、逢沢シェフがおじいさん所縁《ゆかり》の洋館をリノベーションして二号店を開きたいと言い出した時は驚いたよ。今まで何度出資を申し出ても手が回らないからと断られていたのに、一緒にやっていきたい人と巡り合えたって、急にやる気になってねぇ。あの逢沢君にそこまで言わせるとは、いったいどんな人だろうと、色々想像していたんだが――」

意味ありげな目で自分を見つめる紳士に、ルネはゆったりと微笑みを返す。

「二階の記念館に展示されている小説家・鬼頭綾太郎は、その逢沢の祖父に当たる人物です。どうぞご覧になって下さい」

階段を示すルネに、老紳士は「ほう、彼のお祖父《じい》さん」と笑顔で頷き、「是非あとで拝見させてもらうよ」と言ってくれた。その口調からして、社交辞令でなく本当に足を運んでくれそうだ。

これでいい。記念館を静の二号店と併設にしたのは正解だった――とルネは思った。何しろ古い屋敷だったから、リノベーションに丸々一年も時間がかかってしまったが、これからこの店が社会的地位のある人々がつどう場所になれば、自然に鬼頭綾太郎の名も知れ渡ることになるだろう。館のたたずまいは少し変わることになってしまったが、これでよかったのだ――。

ルネが温かい想いを噛みしめていると、次の客が到着した。白銀の髪を古風なシニョンに結った、さっそうとしたその姿は――。

「アルマ！」

相変わらず一分《いちぶ》の隙もなく装ったその姿を見て、ルネは感激の声を上げて飛びつき、抱擁とキスを交わした。一応、今日のことは知らせておいたのだが、「まさかこのために来日を？」と問うと、「当然でしょう」とやや悪戯《いたずら》っぽい笑みが返ってくる。

「ま、今後の仕事のためにもムッシュ・アイザワとよしみを結んでおこう、っていう思惑もなくはないけれどね。何より一番はあなたの幸せな顔を見たかったのよ、ルネ」

「アルマ……」

「ムッシュ・アイザワと、上手くいっているのね？　おめでとう」

温かい掌で頬に触れられて、ルネは思わず目を閉じた。何てやさしい言葉だろう。この気品あふれる老婦人に、自分はどれほど慰められ、勇気づけられたことか。タローとのことも、静とのことも、この女性《ひと》が背中を押してくれたからこそ、一歩を踏み出すことができたのだ。

「ありがとう、アルマ」

感謝のたけを込めて頬に接吻を贈ると、アルマはくすぐったげに肩を揺らしながら、「ところでムッシュ・アイザワは？」と周囲を見回す。

「たぶん、すぐに来ると思うよ」

ルネが半苦笑でそう告げ終えるより先に、「マダム！」と呼びかけてくる声が響いた。力強い、明るい声だ。

「ま」

声の主が静であることにアルマが驚きの声を上げる。その寸前に、静はがばりと音がする勢いで老婦人に抱きついた。

「ム、ムッシュ・アイザワ？」

「静、静、アルマが驚いてる」

ルネはコックコートの肩をとんとんと叩いて、恋人を制止する。その半笑いの声に、やっと非礼に気づいたかのように、静がさっと身を離した。

「ああ、申し訳ないマダム・アルマ。わざわざ来日して下さったことが嬉しくて！」

満面の笑みで早口にまくしたてる静を見て、アルマが目を丸くしている。

「いい店でしょう？　いや、店って言ってもレストラン部分はじいさんの記念館のつけたしなんですけどね。知り合いの建築士と話し合ってリノベーションしたんですが、我ながら会心の出来です。普段の営業は人に任せるつもりですが、今日の料理だけは全部俺が手掛けてます。気楽な立食式ですから、どうか楽しんで下さい！　では！」

静はアルマの前でしゃべるだけしゃべってしまうと、身を翻《ひるがえ》して去って行った。厨房にまだ仕事があるようだった。

「ルネ？」

静が去ったあとも、アルマは目を瞠ったままだ。

「あれ、本当にムッシュ・アイザワなの？　彼の双子の兄弟ではなくて？」

「本人だよアルマ」

ルネは苦笑しつつ、首を左右に振った。

「あれが彼の本性。ぼくと付き合い出してからタガが外れちゃったみたいでさ、テンションが上がった時は話し出したら止まらなくて、逆に口を挟む間もないくらいで困ってる」

「まあ」

アルマは口を開いたなり呆れて固まった。

無理もない。彼女の知る「ムッシュ・アイザワ」は、無口で無愛想で誰に対しても心を開かず、安易に人に馴れる男ではなかっただろうから。

だが静が沈鬱《ちんうつ》な男に見えたのは、実は苦しい恋心をずっと抱えていたからだったのだ。本当の静は、天才性あふれる高慢な男ではなく——惹かれた相手が他人の花であることに長く悩み続けた、ごく普通の男だったのだ。思いがけず困難な恋が叶ったことで長年の憂鬱《ゆううつ》が晴れ、本性が現われてきたのは、ルネがこの洋館から静のマンションに移り住んでからのことである。

一緒に暮らし始めて、ルネを愛したことは間違いではなかったのだと、やっと安心したのだろうか。静は急に口数が増えてほがらかになり、今までの彼からは想像もつかない甘い言葉も頻繁《ひんぱん》に口にして、ルネを驚かせ、戸惑わせた。

「あれじゃ、まるでタローをそのまま若返らせたみたいだわ」

若い頃のタローを知るアルマが、驚いた顔でしみじみと言う。

「そうなんだよアルマ」

ルネは苦笑した。まったく、その通りだった。静とタローが似ているのは外見だけではなかったのだ。まったく違うと思っていた中身も、実はよく似ていたのだ。年齢が違うだけで、瓜《うり》ふたつと言っていいくらいに。

「タローとはぜんぜん違う性格の彼を、いいなと思えるようになってたのに――」

ずっと陰鬱で無愛想な男でいて欲しかったわけじゃないけれど、何だかな……とため息をつくルネの肩を、アルマがぽんと叩いた。元気づけるとも慰めるともつかない仕草だった。

「まあ、あなたは何度恋をしても、結局似たようなタイプしか好きになれない人だということよ、ルネ。それに結果的にはタローに似た人を好きになったんだから、今頃タローの魂もあの世で喜んでいるんじゃなくて？」

ルネはアルマの言葉に、ちらりと窓越しの庭を見やった。

「そう、かな……？」

ルネが「タローの魂」という言葉に少々どぎまぎしたのには、わけがある。今は美しくライトアップされている庭には、生前、綾太郎が愛した山茶花の木があり、ルネは逢沢邸の改装工事が終わると同時に、静と共にその根元に掻き集めておいた綾太郎の遺灰を埋葬《まいそう》したのだ。それはルネにとって、綾太郎との過去と、その魂との決別を意味したのだが――。

（――もしかして、タロー、あなた――ぼくに自分の孫を宛《あ》てがったの……？）

ルネは空想を巡らした。綾太郎は生前、自分の恋人に横恋慕《よこれんぼ》し、鉄柵の向こうから切《せつ》なげに覗いている義理の孫の存在に、気づいていたのではないだろうか。そしてあるいは、自分の死後、静がルネに接近するだろうことも、そしてルネがそんな静に惹かれるだろうことも、見越していたのではないだろうか――？

アルマも言っていた。これほど美しく見える喪服を仕立てた綾太郎の気持ちを考えてみろ、と――。

（タローなら、たぶん、自分に似た静の目に、どうすればぼくが一番魅力的に映《うつ》るかも、わかっていただろうしな――）

老い先短い自分と違い、まだ若い静ならば生涯をルネと添い遂《と》げることもできる。ならば、まったく縁もゆかりもない男に渡すよりは、自分によく似た孫が、自分の身代わりとしてルネの伴侶になってくれれば――と、綾太郎は綾太郎なりの独占欲で、策略を巡らしたのかもしれない。ルネには終生やさしい人だったが、半面、まだ同性愛が精神異常扱いだった時代をしたたかに生き抜いた執念深さも併《あわ》せ持つ人だったから、それくらいのことはやってのけたかも――。

（いいや、何を考えているんだ……）

ルネは首を振った。いくら何でも、想像をたくましくしすぎだ。それに綾太郎はもうこの世の人ではない。どんなに蓋然性《がいぜんせい》のありげな憶測をひねり出したところで、今さらどうやっても真相を問い質《ただ》しようもない――。しかし夜の庭から目を離しかけた一瞬、ルネには、にんまりと満足げに笑う老いた顔が、窓ガラスに浮かんで見えたような気がした。

――タロー……！

息を呑む。

「ルネ、皆さんお揃いのようよ」

アルマが背後から告げる。その声に正気に返って振り向くと、ちょうど厨房から出てくる静と目が合った。

「ルネ」

両手を差し伸べる静。

その姿は、若さと生気に輝いている。

ルネは胸がいっぱいになった。そうだ、亡き綾太郎の思惑がどうであれ、今、自分が愛しているのはこの男だ。これから共に生きてゆくのも、この男なのだ――。

惹かれ合うように互いに歩み寄るふたりに、アルマが拍手を送る。

するとささやかな会場につどう人々も、それに気づいて、三々五々、拍手を始めた。

その音の中、ルネは静に寄り添って、熱い手に自分の手を重ねる。静はその手を指を絡めて握り返し、「始めようか」と囁いた。

始めようか。俺とふたりの新しい人生を――。

「ええ、静」

ぼくの愛した、ふたりめの恋人。

そしてこれから、終生、愛し続けるだろう人――。

ふたりは固く手を結んだまま、温かな視線を注ぐ人々の前に立ち、その祝福に揃って感謝の一礼をした。

あなたの右で、ぼくの左で

越後晃平《えちごこうへい》にとって逢沢静《あいざわしずか》は、もうかれこれ二十年来の友人だ。といっても奴がフランスに行っている間はほとんど音信不通だったから、実質の交友期間は十年未満というところだが。

始まりは、何ということはない。中学時代のクラス名簿の順番が、「逢沢」の次が「越後」だったというだけだ。入学したての頃、とりあえず名簿順に座席を割り振られて座らされた、その目の前に、えらく体格のいい早熟そうな男がいた。それが逢沢だった。

目鼻立ちのいいやつだ、女子にモテそうだな。第一印象はそれだったが、クラブ活動もせずに、いつもむっつりと機嫌の悪そうな顔をしていることが災《わざわ》いしてか、中学高校通じて奴は女には遠巻きにされるだけだった。

その代わり男子間での人気は、まあまあだった。人見知りが激しいというか、なかなか他人と仲良くなれないという困った癖《くせ》はあったが、一度心を許した相手とはわりと濃厚な関係を維持するタイプだった。気分次第では、よくしゃべってよく笑った。そして妙に器用で、友人にはよく自分で作った料理だの菓子だのを振る舞った。越後も誕生日に唐突《とうとつ》にえらく豪華な重箱詰めのフルコース弁当をもらって、驚愕《きょうがく》したことがある。その当時からすでに、静の料理は、家庭料理とはレベルの違う味がした。

「パティシエになるか、コックになるか、迷っている」

そんな言葉を聞いたことがある。それに対して越後は、絶対にコックにしろ、と力説したのだ。理由はこれまた単純で、越後は甘いものが好きではなかったのだ。パティシエなんぞになられたら、もう美味《うま》いものが食えなくなる、という不純な動機のそれが功を奏したのか否《いな》か、逢沢は高校卒業後すぐホテルに就職し、同年の友人たちがまだ大学でうだうだやっている年齢で頭角を現してさっさとシェフに昇格し、その後すぐツテを得てパリに行った。越後は結局、逢沢の料理のご相伴《しょうばん》にあずかる機会を失ってしまった。

もっとも、奴がさっさと日本を出て行った理由には心当たりがあったから、残念には思いつつもすげなさを責める気にはなれなかった。逢沢家は当時、あまり温かい雰囲気の平穏《へいおん》な家庭ではなかったらしいのだ。

高校時代、下校の道々、馬鹿話のついでのように聞いたことがある。

——うちは昔、紡績《ぼうせき》業でたいそうな羽振《はぶ》りだったらしいんだが、戦後はすっかり駄目になってな。

——ボウセキギョーって何だ？

——大ざっぱに言えば糸屋かな。蚕《かいこ》の繭《まゆ》から絹糸を作って売る仕事。

——それってそんなに儲《もう》かるのか？　飛行機とか自動車とかの単価の高いものを売るビジネスじゃないんだろう？

デジタル世代の平凡な高校生だったその当時の越後には、たかだか糸屋がそれほど大きなビジネスに成り得たことが、感覚的にどうもピンとこなかったのだ。紡績が戦前から戦後の一時期の日本にとって一大産業だったことを知るのは、大学に入ってからのことである。

――昔は儲かる仕事だったらしいな。俺もよくは知らん。

逢沢は肩を竦《すく》めた。

――とにかく、俺の親父《おやじ》はその傾いた商会の跡取りになるために、伯父《おじ》の養子に迎えられたんだが……大人になる頃には、もう商会自体が解散、消滅していたらしい。

――商売自体が時代に合わなくなったんなら、仕方がないだろう。今でもよく聞く話だ。

――まあ、そうなんだが。うちには昔の栄華を忘れられない年寄りの親戚《しんせき》連中がずらりと揃っていてな。特に祖母は自分が子供の頃の羽振りの良さをやたら懐《なつ》かしがって、サラリーマンになっていた親父をせっついて、商売を始めさせようとしたんだ。そして親戚中から出資金を集め、親父が脱サラしてさあこれからというところで大失敗をしてな。

――うわぁ……。

――まあ時期も悪かった。ちょうどバブル崩壊に重なったんだ。それに、頼った経営コンサルタントとやらが詐欺師《さぎし》同然だったらしくて……。

要するに逢沢家は、夢よもう一度という甘さにつけ込まれ、悪い奴に騙《だま》されて人から集めた金をすべて失い、親族間のごたごたを抱え込んだ上に大借金を背負う羽目《はめ》になったらしい。逢沢はそうして家族が駄目になっていく過程を、つぶさに見ながら育ったのだそうだ。想像するだにつらい話だ。

――特に祖母と親父が最悪だった。ばあさんは親父を家を立て直すこともできない甲斐性《かいしょう》なしのどら息子と罵《ののし》り、親父はばあさんを昔の贅沢《ぜいたく》な暮らしを忘れられずに息子の人生をめちゃくちゃにしたクソ婆《ばばぁ》と罵り、母さんはそんな姑《しゅうとめ》と旦那《だんな》を、実現するわけもない夢を見てばかりの、どっちもどっちの馬鹿親子だと言って呆《あき》れ果てている。親父は一応働いてるが、昼も夜も酒浸《びた》りで、どこに行っても仕事が長続きしない。

俺はもう、そういう家族を眺《なが》めているのに疲れた——。逢沢はそう言って、経済的な事情もあるから、高校を卒業したらすぐに自立できるようにするつもりだ、と断言した。情けない大人たちを無駄に憎悪するでもなく、淡々と現実を見つめて自分の将来を考えている友人を見て、越後は単純にえらいなぁと思った記憶がある。

自分だったら、そんな不和を抱えた家庭に育って、こんなにきちんと筋の通った人間になれただろうか。とても無理だった気がする。

外見でも性別でもなく、人のありように惚《ほ》れるという気持ちを、越後はこの時初めて経験したのだった。

奴と再会したのは、六年前の冬。飲食業の起業を助けるコンサルタントと、フランス帰りの星つきシェフとしてだ。逢沢は再会の挨拶《あいさつ》もろくにせず、いきなり「日本で店を持ちたい」と急《せ》き込むように告げた。

——何かあるな。

思ったのは、その時だ。逢沢の言動の端々に、どうしても——という必死さを感じたからだった。もちろん昨今《さっこん》の外食業界は文字通り生き馬の目を抜く競争社会で、独立して自分の店を持ちたいなどという連中はみんな必死なのだが、逢沢の場合、店は日本で暮らしを立てるための手段で、帰国する主目的は別にあるような気がしたのだ。旧友とはいえ、コンサルタントなどという肩書がいかに玉石混淆《ぎょくせきこんこう》で胡散《うさん》臭いかを知っている奴が、あっさりと自分を頼ってくるほど焦《あせ》っているのも、尋常《じんじょう》ではない。

——女か。

越後はにやついた。

あまり幸せではない家庭で育った逢沢だ。フランスでの名声と地位をかなぐり捨ててでも一緒になりたい相手ができたというのは、ちょっと意外ではあった。だが、めでたい。

少々下世話にそう考えつつ、越後は静の店「ラ・スイランス」をプロデュースした。友人だからというのではなく、伝説のシェフにふさわしい店を、と、いつも以上に気合を入れた仕事をしたつもりだ。結果、瀟洒《しょうしゃ》で感じのいい、主《あるじ》の料理哲学にふさわしい店ができた。

それで信頼関係ができたのか何なのか、ちょくちょく妙な用事を頼まれるようになったのは、一昨《おと》年《とし》の冬あたりからだったか。

——おい越後屋。

別に本人は偉そうにしているつもりはないらしいが、やたら偉そうに聞こえる声で、電話がかかってきた。「越後屋」というのは、中学以来のあだ名で、今は経営する事務所の屋号でもある。この名にしておいたおかげで、長年音信不通だった逢沢が、一時帰国中にすぐコンタクトを取ってくれたのだ。

——お前、今どこだ。出先なら銀座《ぎんざ》に寄ってくれないか。

——ザギン？　全然反対方向だよ。いきなり何？

——遠いならいい。

——いや待て待て、行けないとは言ってねえだろ。何すりゃいいの？

逢沢は慌《あわ》ただしい口調で、近傾評判のパティスリーの名を挙げた。そこにケーキをワンホール予約してあるので、自分の代わりに受け取りに行って欲しいと。

——何だ何だ、カノジョのバースディか？

——いや、俺のだ。

——お前の？　え、そうだっけ？

——ああ。

——自分で自分の誕生祝いかよ、サミシーなぁ。

越後はカラカラ笑い、「何だったら俺が半分食ってやろうか」と言った。無論冗談だったが、逢沢は真面目《まじめ》に返してきた。

――いや、一緒に食うヤツがいるから。

あ、と馬鹿笑いしていた口が開いたまま固まった。

――そ、そうか、そりゃそうだな。

でなければわざわざ予約してホールケーキなど買うわけがない。

真っ先に思ったのは、こいつのろけやがった、ということだ。そして逢沢自身に誕生日ケーキの準備をさせるなんて、なんて気の利かない女だと腹が立った。少なくとも、ある程度以上に進んでいる仲ならば、相手の誕生日など教えられなくても自分で調べておくものだ。

あの逢沢が、そんな女と付き合っているなんて。そんな女のために、人生の予定を曲げてフランスから帰ってきただなんて、何だか気にくわない話だ。


そんな女とはどうせ上手くいかないだろうと思っていたら、案の定、それから何度か、越後は深夜のヤケ酒に付き合わされた。互いに夜の遅い仕事だから、場所は店ではなく越後屋の事務所か、寝に帰るだけのマンションだ。コンビニで買ったビールの力を借りて重い口をどうにか開かせたところを総合すると、どうやら恋人とひどい喧嘩《けんか》をしたらしい。自分こそが傷ついた顔をしているくせに、相手を傷つけてしまった、もう許してもらえないだろう、あの時はどうかしていたんだ……などと、延々と涙目で愚痴《ぐち》られて、越後はビール缶を片手に目を泳がせた。

（ああ、こいつ恋してるんだなぁ……）

自分では冷静なつもりで実は盲目で、落ち着いて考えればすぐにわかる判断もできない、この五里《ごり》霧中《むちゅう》な感じ。そばにいる人間にえらく甘酸っぱい思いをさせる、この感じ。

——恋だなぁ……。

思わず感慨《かんがい》深げに吐露《とろ》してしまい、人が死ぬほど悩んでいるのに何を呑気《のんき》な、と言いたげな怖い目に睨《にら》まれた。

難儀《なんぎ》な事態を抱えていることには同情するが、越後はただ、自分たちがまだまだ若くて青い年齢なのだと知って、嬉しかっただけだ。いつかは、俺にもこんな春が来るかもしれない。

それからしばらくして、越後は逢沢から、少々怪我《けが》をしたので、数日店を人に任せて休養する、と知らされた。何やら結構なトラブルに巻き込まれて、何度か警察で事情を聴《き》かれたそうだ。

——大丈夫なのか、ひとりで暮らせているか？　必要なものがあれば、買い物くらいして行ってやるぞ？

電話の向こうの逢沢は、だが思いのほか落ち着いた声で応《こた》えた。

——いや、生活に不自由をきたすほどの怪我ではないから、いい。大丈夫だ。

——世話してくれる人、いるのか？　例のカノジョ、ちゃんとやってくれるか？

——いや……。

逢沢は言いよどんだ。そういえば喧嘩中だったか、それともあのまま別れたのか——と思った時、思いもよらない事実を打ち明けられた。

——俺よりあっちのほうが重傷なんだ。家にひとりでいるところを変質者に襲われてな……。

——ええ？

——頭を凶器で殴られて、俺が駆けつけた時は血塗《まみ》れだった。犯人は暴行目的で昏倒《こんとう》させようとしたようだが、もしかすると殺してしまってても構わんと思っていたかもしれん。

兇暴な奴だった。年寄りだったが、酌量《しゃくりょう》の余地などない。この手で殺してやりたいくらいだ——と逢沢は言った。好きな相手を傷つけられた怒りは察してあまりあるが、しかしまあ、雨降って地固まるというか、怪我の功名というか瓢簞《ひょうたん》から駒《こま》というか、その事件をきっかけに、逢沢とその想い人は、収まるところに収まったらしい。とんだ結びの神もいたものだ。

——後遺症が出ないと完全に見極めがつくまで、そばにいてやりたいんだ。

思わず、おめでとう、と言いかけて、越後は口をつぐんだ。結果は吉と出ても、災難に巻き込まれた人間に対して、それは言っていい言葉ではない。

そうして、逢沢は間もなく二号店の話を持ちかけてきた。物件はすでにあり、出資者も押さえてあるという。

——俺のじいさんが晩年、五年ばかり住んでいた古い屋敷があってな。だいぶあちこち傷《いた》んでいるが、そこを改装したいんだ……。

面白い話だ、と越後は思った。古い家屋のリノベーション店舗《てんぽ》はここ数年流行《はや》っているから、機会があれば自分も手掛けてみたいと思っていたのだ。旧財閥《ざいばつ》の本家とくれば、箔《はく》も充分だ。

——とにかくその物件を見せてくれ。ものになるかどうかは、それから判断する。そう告げると、なぜか逢沢は、妙に腹を括《くく》ったような声で、ああ、と返答した。

初めて見た時の旧逢沢邸の印象は、ひと言で言うと「西洋風お化け屋敷」だった。ハロウィンの時期にジャック・オ・ランタンでも飾れば、さぞかし雰囲気たっぷりのイベント会場になるだろう。これは面白くなってきた。

庭の一角で薄紅色の山茶花《さざんか》が見事に咲いているのを柵《さく》越しに見つつ、玄関に回る。呼び鈴《りん》を押すと、リンゴーン、と古風な音が響いた。

——はい。

そして厚い木のドアを押し開けて現われたのは、逢沢ではなく、目も眩《くら》むような美しい白人の青年だった。

金色の波打つ髪、瑠璃《るり》のような色の瞳、クリームに薔薇《ばら》の花びらを置いたような唇……。

――いらっしゃいませ。あなたが越後屋さんですか……？

異様に上手い日本語で問われて、越後は腰が抜けそうになった。この顔でこの唇で、越後屋って！

越後屋って！

こんな屋号にするんじゃなかった、と妙な気恥ずかしさにくらくらしている越後の目は、だが青年のあるものに釘づけになった。美貌《びぼう》の人は、痛々しくもその頭部に厚く包帯を巻いていたのだ。

――ああ、襲われて怪我をした人って、逢沢の大切な人って……。

越後は深く腑《ふ》に落ちるものを感じた。この人ならば、それはあの現実主義者の逢沢でも、恋に狂いもするだろう……。

◇　◇

「というかお前、あの時俺が同性愛者《ゲイ》だったと知って、何か思うところはなかったのか」

静が問うと、「越後屋」こと越後晃平はするめを齧《かじ》りながらへらりと笑った。

「いや、ルネさんを目の前にしたショックがあんまりデカくてな……」

すでに二年前になる出会いの瞬間を思い出したのか、越後屋は静と同じこたつに当たりながら、ぽわっと頬を染めて上《うわ》の空の目をした。こいつが女好きだということを知らなければ、ぶっ飛ばしているところだ、と静は腹の中で考える。

旧逢沢邸のリノベーションを任せる、と決めた時、この男には屋敷の住人であるルネのことを告白《カミングアウト》せざるを得なかった。その時点で友人としては決裂するかもしれない、と覚悟はしていたが、予想外にこの男は長年の友人が同性愛者《ゲイ》だったショックをすっ飛ばしてルネその人に魅了されてしまい、以来、顔を合わせるたびにほわんと上気しているありさまだ。

「そうか、でももう二年も経つか。二号店が一周年だからそうなるな」

越後屋はビール缶片手に感慨深げだ。

ルネを初めて紹介した日から、二号店のオープンまで丸一年かかった。何しろ古い屋敷だった上に、二階部分は記念館にしたいという希望だったから、リノベーションに手間がかかりすぎたのだ。その面倒な折衝《せっしょう》を、越後は辛抱強くやってのけた。ただ話し合いでルネに会うたび、鼻の下がだらしなく伸びていたのを見てもいるから、どうも工事がなかなか進まないことを口実に、ルネと対面する機会を設けていたのではないか、と静は少し疑っている。このお調子者が、いつの間にやら渋るルネを説得してスマートフォンを持たせたことも、その通信アプリを静よりも先に自分のものと開通させたことも、末代まで恨《うら》んであまりある所業だ。

「だけど変わらず……ってゆーより、どんどん綺麗《きれい》になるよなぁルネさん。誰かさんのせいでますます磨《みが》かれちゃってさぁ～」

越後屋の目が三寸上を泳いでいる。静は古い友人を呆れて眺めた。

「褒《ほ》めても会わせてやれんぞ。今は日本にいないんだからな」

世間はすでに年の瀬だ。なかなかカレンダー通りに休めない飲食業だが、静の店もクリスマスの繁《はん》忙期《ぼうき》を乗り越えて、すでに年末年始休業に入っていた。ひとり者の越後屋の家は正月準備らしきものなど何もしていないが、明日は大晦日《おおみそか》だ。

「もうフランスへ発《た》ったのか？」

「ああ、空港まで送ってきた」

「あーあ、このまま年末年始はずっと別れ別れかぁ～。寂しいなぁ～」

ルネさんと初詣《はつもうで》に行きたかった……などと言い出す越後を睨む。

（初詣に一緒に行きたかったのは俺のほうだ。それを我慢して、どんな思いで空港まで送ったと思っている……）

さすがにそうとは言えず、静は憮然《ぶぜん》として零した。

「……クリスマスは休ませてやれなかったから仕方がないだろう」

本来、フランスではノエル（クリスマス）こそが仕事から解放されて家族と共に過ごす日で、都市でも田舎《いなか》でもほとんどの経済活動は停止する。だが日本ではありとあらゆるサービス業界にとって書き入れ時だ。二号店に併設《へいせつ》した記念館の館長で、常連客たちに絶大な人気のあるルネは、クリスマスディナーのホスト役をこなすために、店を離れられなかったのだ。

――カードは送っておいたし、去年も一昨年もその前も帰っていないから、別にいいよ。母さんもとうに諦《あきら》めていると思うし。

恋人同士になって二年。最近ようやく静に対する口調も砕けてきたルネは、そう言って「すまない」と謝る静を宥《なだ》めた。

彼の言葉に「父さん」が出てこなかったのは、すでに故人だからだ。死んだのははるか昔で、ルネは父親の顔を写真でしか知らないらしい。母親はその後十年ほど寡婦《かふ》暮らしをしていたが、今は再婚して新しい家庭があるという。夫妻にはルネの弟妹に当たるまだ小さい子供も三人（！）いるそうで、自分が帰省しなくても母が寂しい思いをする心配はないとルネは言った。

――母親の再婚相手と不仲なのか……？

静の心配に、ルネは「そうじゃないんだ」と首を振って笑った。

――義父《ちち》はいい人でね。母も大切にされて幸せそうにしているよ。ただタローのことでは理解を得られなくて、日本に行くのを止めはしないが祝福はしてやれないとふたりに言われて……その時点で、ぼくは彼らから自立したと思ってる。互いにもう別々の人生なんだと諦めがついただけで、絶縁したのとは違うんだ。

親がいつまでもずるずると子に影響を及ぼしたがる日本とは、親子関係の概念が違う。それはフランスでそこそこ長く暮らした静にもわかっているが、そうだとしても長年離れたきりの息子の顔を見たくない母親はいないだろう。義理の父親にしても、もしや自分の存在が母子を分断させてしまったのかと、気に病《や》んでいるかもしれない。ルネは健気《けなげ》で思いやりもある性格だが、そのわりにはどうも、言葉にしづらい人情の機微《きび》に疎《うと》いところがある。

――元気な体でいるところをちゃんと見せてこい。お前に親不孝をさせていると思うと、俺も気が重いから。

そんな言い方で、静はルネをなかば無理矢理フランスへ発たせたのだった。ルネも長く顔を見せていないことに罪悪感がなくはなかったのだろう。最終的には、年末年始に一時帰国すると決めたのだが。

――静……すぐ帰ってくる。本当にすぐ帰ってくるよ。愛してる、愛してる――。

空港の駐車場で、助手席から身を乗り出して運転席の静に抱きつき、幾度も幾度も濃密なキスをして、ルネはなかなか車から降りようとしなかった。前夜もしつこいくらい愛し合ったのにだ。「早く行かないと飛行機が出てしまうぞ」と宥めすかす静に、最後は涙で濡れた恨めしげな視線を投げかけて、ようやくターミナルに向かったのだ。

――何もそんな顔をしなくても……。

その思いは、ルネを見送ったあとの静の胸の中に、澱《おり》のように溜まっている。別に突き放したわけでも、厄介《やっかい》払いしたわけでもない。むしろ静だって、ルネが無事家族と再会できるようにと、寂しさをこらえて送り出したのに、瞼《まぶた》に焼きつく置き土産《みやげ》があの怒った顔とは理不尽《りふじん》だ。

「お前ってさあ」

そろそろ呂律《ろれつ》の怪しい越後屋が言う。

「時々ルネさんに対してすごい逃げ腰だよなぁ」

「……そうか？」

心外だと思いながら、静は顔を上げる。こいつまで何を言う。

「あーんな美人に愛されてんのにさ、何か距離を取ろう距離を取ろうとしてるだろー。別に倦怠期《けんたいき》が来ているわけでもなさそうなのに、なんでイチャイチャベタベタ期を遠慮なく満喫しようとしないわけ？」

問われて、静は座布団を枕《まくら》にごろんと横になりながら、「怖いからだ」と応えた。

「本気でそんなことをしたら、俺はルネをすり減らしてしまう……」

逃げ腰という言われようは不本意だが、ルネに対して注意深いのは事実だ。自分の恋人は、特別同性愛嗜好《しこう》のない越後ですら夢中にさせるほどの美貌の持ち主で、フランス人のくせに大和撫子《やまとなでしこ》のように献身的でやさしく、それでいて静を拳骨《げんこつ》で殴ったことがあるほどプライドが高くて芯が強い。静はちょっとどうにもならないレベルで彼に夢中だ。いや、そんな生易しいものではない。もしも本気で自分からルネを奪おうとする輩《やから》が現われたら、十中八九刃傷沙汰《にんじょうざた》を起こす自信がある。

「でも、ルネにはそんな独占欲は迷惑だろう――」

すでに一度、静は大暴走をやらかしているのだ。嫌《いや》がって泣くルネを縛り上げ、当時彼が大切にしていたものの前で、見せつけるように抱いて壊すように犯した。ルネは感じたくもなかっただろう悦楽の闇に引きずり落とされて泣き、それを見て静の劣情は狼《おおかみ》が獲物の血で口周りを濡らすように満たされたが、それ以降はひたすらに懺悔《ざんげ》と後悔の日々だ。結果的にルネは赦《ゆる》してくれたが、静はおそらく今後も一生自分を赦せない。

もうあんなことはしたくない。もし二度目をやらかしたら、たとえまたルネが赦してくれても、自分が良心の呵責《かしゃく》に耐えきれなくなる。

だから勢い、静のルネへの接し方は慎重の上に慎重を重ねたものになる。ルネのすべてを奪ってしまわないよう、ルネの行動を制約しないよう、ルネがちゃんと楽に息ができるよう、密着しすぎるのを避け、時々は数日、離れる機会を持つ。

「俺なりに、ルネと長続きするよう努力しているんだ……別に逃げ腰なわけじゃ……ない……」

ビールの酔いとこたつの温かさで、たちまち眠気が降りてくる。

「ふーん」

越後もまた、半分睡魔に囚《とら》われているような声で言った。

「相変わらず甘酸っぺぇことしてんだなぁ……」

ごとん、と音がしたのは、こたつの天板に越後の頭が落ちた音だろうか。

「まあ確かに、恋愛はどっちかが極端に惚れ込みすぎてるとヤバいこともあるけどよ……」

「……」

「でもなあ、お前のそういうところ、ルネさんにとっては、余計なお世話だと思うぞー?」

どういう意味だろう。

静はとろとろと溶けていく意識の中で思った。

もしそれが、この男の目から見て、ルネもまた自分に夢中で惚れているということだったら、どんなにか………。


大晦日の町を歩く。

昨夜《ゆうべ》は結局あのまま、越後屋の家のこたつで寝入ってしまった。だらしなく昼近くなってから起き出して、「嫁《よめ》が実家に帰っている旦那そのものだな」と笑われながら、宿泊代として適当に食事を作ってやった。越後屋は二日酔いの気配もなく、美味い美味いと言って食い、三号店はオーベルジュにしないかなどと言い出した。

泊まるつもりはなかったから、タオル一枚用意していなかった。着の身着のままシャワーも浴びず、下着も替えず髭《ひげ》も剃《そ》らずで友人宅を出てうっそりと歩いていると、商店街の続く下町には家族連れの姿が目立った。

一家総出で正月の買い物をしているのだ。まだ若い夫婦と、小さな子供たち。一昨年までは自分に縁のないものとして関心もなかったその光景に、静は足を止めて見入った。

家族とか、家庭とか、家、とか――。

――俺は、ルネのそういうものになれているだろうか。ルネにとって心安らぐ居場所になれているだろうか。

改めて考えると、自信がないこと甚《はなは》だしい。

静は父母のもとからいわば逃亡するように自立したが、ルネは違う。発展的というか前向きというか、とにかく愛する相手とふたりで、今あるものよりも大きな幸せを摑《つか》むために、それなりに居心地も良かったらしい義父と実母の家を離れたのだ。勇気ある旅立ちであり、忍耐強い旅路《たびじ》だった。一見嫋《たお》やかで大人しいルネだが、綾太郎《あやたろう》との恋路を最後まで貫いたことからもわかる通り、本当は静より何倍もタフで、粘《ねば》り強く頑固だ。

そうして、紆余曲折《うよきょくせつ》あって落ち着いた先が静との暮らしだった。だが互いに憎み合い罵り合い、それでも何がしかの柵《しがらみ》でかろうじて家族であり続けていた地獄のような家庭しか知らない自分が、果たして一途《いちず》に幸福を求めてきたルネの「青い鳥」になれているのだろうか。あの古い屋敷から連れ出し、懐古《かいこ》趣味も情緒《じょうちょ》もない現代的なマンションに住まわせて、店を回すために馬車馬のようにふたりして働き、それでちゃんと幸せを味わわせてやれているのだろうか——。

ふぅ……とため息。

脂《あぶら》の浮いた顔を擦る。とりあえず家に着いたら、風呂に入ろう。一昨日の残り湯をまだ捨てていないから、追い焚《だ》きをすればすぐに浸《つ》かれる。

そしてベッドでもう一度、ちゃんと眠ろう。今年はそのままどこへも行かずに寝正月だ。ルネがいない日々など、それ以外にどうして過ごしていいかわからない。

ルネがいないと、静は途端《とたん》に前を向く力を失くしてしまう。あの美しい妖精のような恋人は、ともすれば後ろ向き思考になりがちな静の腕をそっと引いて導いてくれる、魔法の力を持っているのだ。

誰かが玄関ドアの鍵を開ける音に気づいたのは、シャワーで体を流して、四十度に温め直した湯船に浸かっていた時だ。

うつらうつらと半分眠っていた静は、最初それを幻聴かと思った。だが重い金属のものがバタンと閉まる音が響き、誰かが慌ただしく靴《くつ》を脱いでどたばたと走ってくる音を聞いて、まさか、と湯を波立たせた。

「静！」

少年時代、あまり声変わりしなかったのではないかと思わせるような、よく通るテノール。

鍵などかけているはずもない脱衣室と浴室のドアを、ほとんど同時に押し開いて飛び込んできたのは、最近少し伸ばした金髪を振り乱したルネだった。

「ル……！」

とっさに、何が起こったのか理解できなかった。どうした、何があった、何が起こった！

三が日の間は不在のはずのルネが、どうしてここにいる！

思わず湯の中から立ち上がった静の上半身に、服を着たままのルネが飛びついてくる。

「う、わっ」

ばしゃん、と諸共《もろとも》湯の中に倒れ込む音。

「静、静……！」

そしてルネは、髪までびしょ濡れにしながら、静にしっかりとしがみついて、子供のようにぐずり泣き始めた。

「静、ごめん、静――！」

「ルネ、どうして……」金髪の頭を抱きしめて、茫然《ぼうぜん》とする。空港まで送ったのは、つい昨日だ。確かに飛行機に乗ったのなら、今ここにいるはずが――いや、不可能ではないが、でも、まさか……。

「駄目だった、どうしても駄目だった」

その目は紅《あか》く腫《は》れて、綾太郎の葬儀《そうぎ》の日に見た喪服の彼を思い出させる。

「行こうとしたんだ。空港に着いて、パリの父と母の家へ……。でも、入れ違いに東京《とうきょう》へ発つ飛行機に空きがあるのを見て、その場から足が動かなくなって――……！」

「お、お前まさか、フランスからとんぼ返りしてきたのかっ？」

待ちわびていただろう父母にひと目会いもせず、そのまますぐ直行便で引き返して……？

「お前って奴は――！」

何て無茶を――、と静は息を呑《の》んだ。往路だけでもきつい長時間フライトなのに、それを一休みもせずに往復するなんて――……！

「だって駄目だったんだ！」

服が濡れるのも構わないルネは、まるで駄々っ子だ。

「どうしても心が父と母の家へ向かわなかった。君のほうへしか、体が進もうとしなかったんだ……！」

「ルネ――……」

「父と母に会うより、懐かしい家で過ごすより、どうしても君とこの国で初詣に行きたかった。特別な日を、君以外の人と過ごしたくなかったんだ――！」

さして豪華でもない狭い浴室に、うわぁぁん、と泣き声が響く。

「静、しずかぁっ……！」

静はたまらなくなった。泣きじゃくるルネを湯船に引きずり込み、濃厚なキスをしながら、濡れて重くなった彼の衣服を、一枚一枚剝《は》いでは、洗い場に投げ捨てた。

浴室では最後までせずに、体を拭《ぬぐ》ってベッドへ移動した。

仰向《あおむ》けに寝かせ、脚を担《かつ》いで、すでに綻《ほころ》んで男を迎え入れるばかりの、吸いつくような感触の中に入る。

「静、ああっ、静――……ッ……！」

花開くような唇と、両胸の尖《とが》りと両脚の間だけに桃色を乗せた、白い体が波打つ。

ルネの下腹を飾る草むらは頭髪よりずっと濃い褐色で、静は優美な色合いの金髪と同じくらい、そのショコラのような色合いも好きだった。その茂みの中から屹立《きつりつ》したものが、静の腹筋を突いてぶるっと震える。

そういえば、自分が早く中に入ることばかり考えて、彼を慰《なぐさ》めていなかった。失敗したな、と考えながらせめてもと手で包んでみれば、それはすでにねっとりと濡れていた。いつも以上に熱くて硬く、今にも熟《う》れて弾《はじ》けそうな果実のようにぴっちりと身を張っている。

そうだった。ルネは長旅に消耗している体なのだ。そして健康体の男であれば、どういうわけかそういう状態のほうが性欲が強くなる――。

「静……、して――」

紅い唇がねだる。

「ぼくを、愛して……」

「ルネ」

「自分でもこんなにめちゃくちゃに、どうしようもなく君を愛しているとは思わなかった。もう一時だって離れたくないんだ。静、ぼくの静……」

きゅっ、と誘うように食い締められる。思わずため息と声が漏れた。

最高だ、と思った。体のほうもそうだが、もっとよかったのはルネが静の迷いと悩みに明快な答えをくれたことだ。

ルネはここを自分の居場所だと思ってくれている。俺の隣にいることを幸せだと感じてくれている

――。

苦しい体勢だったが、無理をしてキスを交わした。絡《から》め合った舌先で、「俺もだ」と綴《つづ》る。

「お前を――お前を、好きだ。惚れてからずっと、一分一秒の隙もなく、好きなままだ――……」

嘘《うそ》のようなひと目惚れから始まった、不器用で無様《ぶざま》な恋路だった。頑《かたく》なな態度と空《から》回りする想いで、ルネをずいぶん苦しめてしまった。成就《じょうじゅ》したのは正真正銘の奇跡だ。

消耗しているルネの体力が気がかりだったが、もう静も限界で、壊れたおしゃべり人形のように「愛してる、愛してる」と繰り返すルネを、水音が立つほど突き上げた。そしてルネが繰り返すのと同じだけ、「好きだ」と囁《ささや》き返した。

ルネは感極まり、泣いているのか喘《あえ》いでいるのかわからない声を上げ続け、体の奥で静が果てた瞬間、感じ入った絶叫を上げ、ことりと気絶した。

「ルネ……」

涙の痕《あと》が幾筋もついた寝顔は、壮絶に色っぽく、そして愛らしい。本人はそんな柄《がら》ではないと笑って否定するが、本当にいつまでも魔法のかかった妖精のようだ。

静はそんな恋人の顔を、しげしげと見つめながら思った。

――ルネは、父母の家へ「行こうとした」と言った。「帰ろうとした」ではなく。

その何気ない言葉が、どんなに静の心の中深くに沁《し》み渡ったか、ルネは知らないだろう。

自惚《うぬぼ》れが許されるなら、ルネの中ではもう、帰るべき場所は日本の、この町のこの家なのだと思っていいのだろうか。

ほんの数日も離れていられないほどに懐かしい場所は、この腕の中なのだと信じていいのだろうか。

自分はもう、ルネを一日たりとも手離したくないと望んでも、許されるのだろうか。もうどこへも行くなと、言ってもいいのだろうか。

そうして、ずっと帰る場所を持たなかった自分が、わがままを通して、幸せな居場所を作っても、いいのだろうか――……。

「ルネ」

まだ湿り気を帯びている金髪に、キスをする。

「俺のルネ――……」

すっ、と瞼が降りる。

やがて幸せな眠りが、一枚のシーツの上で寄り添うふたりを、そっと包み込んだ。

◇　◇

「……だから、初詣は年が改まる瞬間を挟《はさ》んで二回しなきゃ駄目なんだって」

本殿が近づくにつれ、人ごみらしくなってくる夜半の参道で、越後の耳はなぜかその声を選んで拾ってしまった。

普段は信心など年寄りの趣味だ、と思っている越後だが、一応社長という肩書があり、商売の良しあしが他人の人生を左右しかねない身の上であるからには、年末年始くらいは神様に義理を立てておこうと出向いた神社だ。どうせご利益《りやく》を頼むなら、家から足を伸ばせる範囲では一番大手（？）のところに行こうと罰当《ばち》たりなことを考え、人ごみ酔い覚悟で参道に突入したところで、福々しい神様ではなく綺麗な妖精に出会ってしまった。幸先がいいのやら悪いのやら。

（……ルネさん？）

どうしてここに？　人違いか？　と人垣に隔《へだ》てられながら金髪の後ろ頭を凝視《ぎょうし》する。間違いない。参道は飛び飛びに臨時の電灯がともって明るいところと暗いところの差が大きいが、たとえ真っ暗闇の中でも、あの鮮やかな金色を見間違うものか。それにあの声——というか、「二年参りって言うんだろう？」などと告げる、流暢《りゅうちょう》すぎる日本語は……。

（な、なんで？）

戸惑《とまど》ううちに、さらに「それもじいさんに教えられたのか？」と呆れる声が聞こえる。人垣を頭半分ほど突き抜けて背が高い短髪の男は、間違いなく今日の昼近くまでうちでウダウダしていた悪友だ。

「二度参るのなら、なおさら近所の神社で済ませておけばよかったじゃないか。本気でこんな人ごみに二回も混ざる気か？」

「そりゃ、有名な寺社仏閣《じしゃぶっかく》より、まずは自分が住んでいる場所の鎮守様《ちんじゅさま》を大事にするものだってタローも言ってたけど……静は経営者なんだから、お店で働く人たちの分もご利益をもらわないといけないでしょう？」

ははっ、と黒髪の男が笑った。

「何だか越後屋みたいな発想だな」

失礼だが図星なことを言いながら、逢沢は肩を竦める。

「大きな神社ならその分効き目が強いってものじゃないぞ？」

「でも――……」

ふたりは真剣な顔だが、内容は痴話《ちわ》喧嘩というのも馬鹿馬鹿しいイチャイチャだ。第一どうして、あのふたりが一緒にいるんだ？　年末年始は憐《あわ》れな別居生活だと、昼前まで散々嘆《なげ》いていたのはいったい何だったんだ？

越後が混乱している間に、知人に目撃されているとは露《つゆ》知らない逢沢とルネは、友人同士と言うには近すぎ、かといって恋人同士には見えない距離で並んで本殿を目指している。

「でもさ……」

一瞬、横顔の見える角度で逢沢を見つめて、ルネが言う。

「ここでなら、誰にも見とがめられずに、こう、して歩けるでしょう？」

こう――と、ルネが言った瞬間、逢沢の肩が微妙な動きをする。

それで越後にはわかった。ルネが静の手を取り、互いの掌《てのひら》を合わせて指を絡めたのだと。

いわゆる恋人繋《つな》ぎだ。彼らがそういう関係だということは、ふたりがあまり厳重に隠蔽《いんぺい》していないこともあって、二号店の常連あたりにはどうやら公然の秘密になっているらしいが、それでも普段、街をゆく時は仕事上のパートナーか普通の友人同士のような体《てい》を装っている。逢沢のほうが、変質者に襲撃された経験から、気心の知れない人間にまでやたらめったら知られるのは危険だと考え、そう主張したかららしい。ルネにはそれが少々不満で、時々、言い争いのタネになると。

だが人ごみに押されている今は、彼らの手の行方など、気にする者はいないはずだ――。

恋人の碧《あお》い目に見つめられて、逢沢がうっと顎《あご》を引いている。「ねえ」とその目に駄目押しされて、仕方がないな、とばかり小さく頷く様が、完全に尻に敷かれている亭主のものだ。

ぷっ、と越後は噴《ふ》き出した。間一髪、人の背の後ろに首をひっ込めたから、彼らは気づかなかっただろう。

黒と金の頭が、人垣の向こうで並び、寄り添い合っている。それぞれの右の肩と左の肩が、ぴったりとくっついて。

それ以上に恋人らしい仕草は見えなくても、越後には彼らの甘い気分が嫌というほど伝わってきた。

ああ、とため息が零れる。

――奴がちゃんと幸せを見つけているっていうのに、俺はひとりぼっちで、何をしているんだろう。

何だか虚《むな》しい気持ちになる。

来る年は仕事ばかりではなく、少しは私生活上の幸せも追求してみようか――。

（……来年の今日には、俺の隣にも、誰かがいてくれますように――）

――そしてできればルネさんのような人が、世界のどこかにもうひとりいますように。

そう祈ろう、と越後が心に決めた時、本殿のほうから、祈禱《きとう》の開始を告げる、どーんどーんという太鼓《たいこ》の音が響いてきた。

どーん、どーん……。

かけまくもかしこきもろかみたちのひろまえに、かしこみかしこみももうさく――。

よき年が来《きた》りますように。

閑話休題《かんわきゅうだい》

むふっ、とルネが咽《む》せる。

「ほら、気管に入るから無理して啜《すす》るなと言っているのに」

ごほごほ、と咳《せ》き込んで口元を押さえているルネの背を、静は呆れながらさすり上げてやった。

「だって、そばは嚙《か》まずに啜って食べるものだって……」

涙目で反論され、またそういう妙な知識をどこで……と眉《まゆ》を顰《ひそ》めながらたしなめる。

「それは子供の頃から習慣づいている日本人だからできるんだ。お前が真似《まね》をするのは無理だって」

するとルネは、逆にムキになったように眉を吊り上げた。

「だったらできるようになるまで練習する。来年はそば打ちも習うんだ。絶対、静よりそば通になってみせるからね！」

謎の目標を力説して、ルネは箸《はし》を持ち直した。実際、その手元は下手な日本人より美しい箸使いだ。だが「麺類《めんるい》を啜る」技術の習得は、やはり彼をもってしてもハードルが高いらしく、再び、むふっ、と咽せ込んでいる。

そばの通《つう》な食い方など、おおかた、ルネのファンクラブ化しつつある常連客の誰かから吹き込まれたのだろうが――。

――時々、変にこだわりが強いよな……。

そこが可愛《かわい》いところでもあるんだが、他人に勝手にいじられるのは面白くないな……と思いつつ、静は自分も年越しそばに箸をつける。

静と暮らし始めてから、ルネは猫舌を克服しようと必死だった。綾太郎と暮らしていた頃と違い、日本風の熱い食事を摂《と》る機会が増えたからだが、その結果、今、静の目の前にいるのは、綿入れをころりと着込んで、こたつに当たりながらそばを啜る、金髪のフランス人だ。疲れを溜めた体で散々愛欲を貪《むさぼ》った挙げ句、ついさっきまで眠っていた名残《なごり》で、顔は若干むくみ気味で髪ももつれている。静が惚れた時の、美々しくも凛々《りり》しい妖精のような姿とはまったく違うが、もちろんそんなことで恋心が冷めたりはしない。逆に気を許し切った顔を見て、これはこれで可愛くてたまらん、と感じる。

我ながら救い難い入れあげぶりだ……と、静はひっそり苦笑する。

日本で年を越すからには日付が変わる前にそばを食べなきゃ駄目だ、と言い出したルネのために、起き抜けにわざわざ出汁《だし》を引いて作った温そばは、まあ、そこそこ食べられる代物だ。そば自体は買い置きの乾麵を引っ張り出して茹《ゆ》で零しただけだから、インスタントよりはましかな、という程度の味にしかならなかった。それでもルネは美味《おい》しい美味しいと言って啜っている。啜ってはまた咽せる。疲れている時に誤嚥《ごえん》すると危ないぞ、と説得すると、ようやく諦めてもぐもぐそばを嚙み始めた。

そして突然、こくん、と出汁をひと口飲んで、「あーっ」と声を上げるから何かと思えば、

「幸せだな……」

などとしみじみ言い出す。

妙に日本人化している恋人が改めて可笑《おか》しくなり、静は笑いを噛み殺した。変な奴。でも、愛しい奴……。

「来年は、ぼくの手打ちそばを食べさせてあげるからね、静」

推察するに、そば打ちが趣味の常連客に誘われてその気になったらしい。その意気込みに、静はそっと冷水をかける。

「来年までにものになればな」

碧い目にむっとしたらしい気配が走る。

「もう、すぐそういう憎たらしいことを……」

「もし上手くできたら、来年は俺が言ってやるよ」

そっぽを向いて、静は告げた。

「幸せだなって」

次の瞬間、寝癖《ねぐせ》のついた金髪に巻かれた頭が、結構な勢いで、ごつん、とこめかみをぶつけてきて、目から星が飛び出した。

絹服の妖精《シルキー》

……古い屋敷には、人ならぬものが棲《す》みつくという話を、知っているかい——？

日本の座敷童《ざしきわらし》や、欧州の絹の服の人《シルキー》や……不思議なことに、世界のどこに行っても、その手の妖異《ようい》譚《たん》は存在するのだよ。人類には、何か根源的に共通して、長く人の住んだ場所に、目に見えない気配を感じ取ろうとする本能があるのかもしれない。

だけどわたしは、本当にそれと会ったことがあるのだよ。

……嘘《うそ》じゃない。

幻だったかもしれないけれど、それに会ったこと自体は、嘘じゃないんだ——。

わたし——逢沢綾太郎《あいざわあやたろう》が生まれたのは、日本が戦争に敗れてすぐの時代だった。名前に「綾」などという男子名には珍しい漢字を使ったのは、女名の字を入れて、早死にを避けるまじないにしようという意図——何しろたくさんの若い男子が、戦争で一度に死んだばかりの時代だったから——と、もうひとつは逢沢家の明治以来の家業が製糸業で、糸偏の字が跡取りにはふさわしいだろうと、祖父が考えたからだそうだ。

その頃は日本という国自体が混乱期で、戦前からの名家や軍需成金の没落が続き、斜陽族、などという言葉が生まれた時代だったが、わたしが子供の頃の逢沢家は、まだかろうじて上流階級から転落してはいなかった。逢沢商会が本格的に駄目になり始めたのは、祖父と父が祖業の生糸《きいと》生産にこだわるあまり、化学繊維《せんい》産業への転換に乗り遅れてからだったから、わたしの幼少期は、同時代の一般庶民の子供と比べて、まだ信じがたい富と贅沢《ぜいたく》とに彩《いろど》られていたのだよ。

　だから今から話すのは、逢沢家が最後の栄華に彩られていた、その儚《はかな》く短い時代に起こったことだ。


　降誕祭の前夜だった。そう、クリスマスイブだ。

　当時はまだ珍しいことだったが、我が家は戦前からそれを祝う習慣があったそうだ。代々の当主がカトリック教徒だったこともあってね。独立前はGHQの将校なども招待されて、それは華やかだったよ。その日ばかりは子供のわたしも夜更《よふ》かしを許されて、色んな大人からプレゼントをもらい、どきどきわくわくしたものさ。

　だけどさすがに子供のいる家で、夜通しの馬鹿騒ぎをするわけにはいかなかったんだろう。日付が変わる前には使用人たちがすっかり片づけを済ませて、華やかさの名残《なごり》は応接間に立つクリスマスツリーと、その足元に置かれたプレゼントの人形たちだけになっていたよ。

　大人しく、聞き分けのいい子供だったわたしが、その日に限ってそんな時間に目を覚ましてベッドを離れた理由は、今となっては思い出せない。もしかしていつもより味の濃い大人用の料理をたらふく食べたせいで、喉が乾いたのか、アメリカ人のおじさんが面白半分に飲ませてくれたジンジャーエールで、小用が近くなっていたのかもしれない。

わたしは二階にあった子供部屋を出て、階段へ向かった。その当時のことだから、今のように街灯の明かりが家の中にまで差し込むほどふんだんについているわけもなく、消灯してしまえば屋敷の中は真っ暗だ。一階から二階へぽっかりと空間が空いている造りの洋館は、そこに何か巨大な黒いものがわだかまっているように見えてね。パーティの記憶が華やかであればあるほど、その落差で、余計に不気味に思えたものさ。ツリーの周囲に置かれている、妹がプレゼントされたドレス姿のお人形やぬいぐるみが、急にふわっとこちらへ飛んでくるんじゃないかなんて空想をしてしまって、ひとりで震え上がったよ――。

のちのち、小説家なんてものになったくらいだから、わたしは男の子としてはちょっと感受性が豊かすぎたんだろうね。そんな子供が時代のついた気味の悪い洋館に住んでいたんだ。妙なものを見てしまうのは、仕方がなかったかもしれない。

最初に感じたのは、ショコラの甘い匂いだった。

――誰だろう。

わたしは不思議に思った。当時の当主だった祖父は生活習慣には厳格な人だったから、家族だろうが使用人だろうが、夜中に甘いものを飲食するなんて、とても許してはもらえなかった。誰だか知らないけど、大胆なことをしているなぁ。おじいさまに見つかったら大目玉なのに――と思いながら、階段の中ほどの手すり越しに、階下を覗《のぞ》き込んだんだ。

その時、厨房《ちゅうぼう》のほうから、すーっと人影が出て来て、応接間を横切った。両手にショコラのカップをひとつずつ持っていた。

なぜそれが見えたのかって――？

なぜならその人が、ふんわりと淡い光を纏《まと》っていたからさ。月明かりに照らされたみたいな、淡い淡い光をね。

――金色の髪……？　誰だ……？

今夜は泊り客がいたのだろうか。そう思いながら、幼かったわたしの目はその人の姿に釘づけになった。

金色の髪、ミルクのように白い肌、花びら色の唇――。

彼が、あんまり美しい人だったからね。怖い気持ちが消えたわけじゃなかったけれど、ついぼうっと見蕩《みと》れてしまったんだよ。

今思えば、あれこそがわたしの初恋だったねぇ……。

そして今思い出しても震えが来るんだが、その人は……その人はね――。

わたしを見上げて、「おいで」って言ったんだ。

――おいで、一杯はお前の分だよ。

それはもう、妖《あや》しい、美しい微笑《びしょう》だったよ……。

わたしは歯の根も合わないほどガタガタ震えながら、それでも、そろりそろりと階段を降りたんだ。

ショコラの甘い香りが、一面に漂う応接間にね――。

柱時計が、コチコチと音を立てていた。わたしはソファにかけた「彼」の斜め前までそろそろと進んで、こう言った。

——夜に甘いものを飲むと、おじいさまに叱られるよ……？

するとその人は、首を反らしてケラケラと笑った。

——大丈夫、わたしが許す。

——でも……。

——わたしから見れば、お前の祖父など小僧っ子だ。この家の本当の主《あるじ》はわたしなのだよ。

その時は意味がわからなかった。でものちのち考えたところでは、たぶん「彼」は、祖父より自分のほうがずっと年上なのだと言ったのだろうね。この世のものではない存在なら、たとえ姿は青年でも、百年二百年と生きているのは当たり前だ。

——お飲み。体が温まる。

——う、うん……。

わたしが対面に座ってカップを持ち上げると、「彼」は、

——いい子だ。

何とも艶《つや》っぽい声で、そう言った。何て言うのか……今思い出すに、まるで情事のさ中の睦言《むつごと》みたいな響きでね。まだ熟す兆《きざ》しもない子供だったわたしでさえ、ぞっと肌が粟立《あわだ》ったよ。

そしてよくよく見れば、彼は妙にクラシカルな衣装を着ていた。色は黒一色だったが、レースや刺《し》繍《しゅう》をふんだんに使って、まるで吸血鬼を演じる俳優のような耽美的《たんびてき》なな(り)だった。

その薔薇色《ばらいろ》の唇が、にいっ、と笑った時は、白い牙が飛び出てくるんじゃないかと思ったよ。

だが彼はあくまで優雅な態度で、こう言った。

――ずっと、お前とこうして会ってみたいと思っていたのだよ、綾太郎。

突然名を呼ばれて、わたしは驚いた。

――ぼ、ぼくのこと、知っているの……？

――もちろんだとも。生まれた時から……いや、生まれる前から知っているさ。

当たり前のことを言うような口調だった。

――お前の父には三人も兄がいたのに、全員兵隊に取られて戦死してしまって、最後に残った四男坊だけは何としても死なせまいと、市介《いちすけ》が必死に偉い軍人を接待して、徴兵《ちょうへい》逃れをさせようとしていたこととか……その甲斐《かい》もなく清彦《きよひこ》もとうとう兵隊に取られてしまったものの、運よく内地を離れる前に終戦になり、帰って来るなりさあ子供を作れとせっつかれるように、手近にいた未亡人と結婚させられたことなどもな。

市介というのは祖父、清彦はその四男であるわたしの父の名だ。そして母は、確かに逢沢家のけっこう近い親族から嫁《よめ》に来ていて、父母は当時の言葉で言う血族結婚だった。わたしと妹は確かに父と母の間の子供だったが、母の心は結婚後すぐに戦死した最初の夫の上にあり、父は父で処女の花嫁をもらえなかったことをのちのちまで根に持っていたらしく――今どきの人間からすれば馬鹿馬鹿しい理由だが――、跡取りを作るためだけの結婚だった夫婦の仲は、わたしの目から見てもあまりしっくり行っていなかった。当時はそんな生々しい男女の事情など、知るはずもなかったけれどね。

――わたしはね、綾太郎……。

その人はまるでこの家に百年も住んでいるかのようなくつろいだ態度で、ソファの背に両腕を乗せ、脚を組んだ。

——今の逢沢の一族の中では、お前を特に気に入っているんだ。

——……どうして？

——さあ、どうしてかな……。

くすくす……と笑う声。

——しいて言えば……歴代の逢沢家の人間の中で、お前が一番、美しいものを愛する心を持つ、やさしい子だからかな。

——そう……？　かな……？

思いがけず褒《ほ》められて、わたしは何かお尻が落ち着かないような、変なくすぐったさを覚えた。学校でも悪童と喧嘩《けんか》ひとつするでもなく、家の中で大人しく小説や花や音楽に親しむのが好きだったわたしは、戦争の時代をくぐり抜けてきた父や祖父からは、男の子の癖《くせ》に軟弱だと言われてばかりだったからね。

彼は天井を見上げるような仕草で、ふっとため息をついた。

——わたしのようなものは、家人がたっぷりと辛抱強く愛情を注いでくれた時にのみ、形を取ってこの世に生まれることができるのだよ。市介も清彦も、商売のことしか頭にない朴念仁《ぼくねんじん》で、わたしのことなど人任せ……。今夜こうして出て来れたのは、客人たちがわたしを美しいと愛《め》でてくれたからだ。

——どういう意味……？

こんな人がパーティの時にいただろうか？　と首を傾《かし》げたわたしに、彼は心を読んだように言った。

——わたしは誰かに愛された時にだけ、こうして人の目に見える姿が作れるのだよ。

——姿って、作るものなの？

——わたしたちにとってはそうだ。

わたしたち、と言いながら、彼は白い指で自分の肩のあたりを指した。

——わたしをこんな姿に作っておきながら、この国の者たちはあまりわたしを愛でてくれない。むしろ成金趣味の象徴として軽蔑《けいべつ》するくらいだ。まあ、時代も悪かったのだけれどね。ここ二十年ほどは国が疲弊《ひへい》し、戦《いくさ》も止まず、皆が窮《きゅう》しすぎていた。そういう時は、富を傾けたものというのは、どうしても憎悪の対象となる……。

わずかに拗《す》ねたような口調を感じて、こんなに美しい人が嫌われるなんてことがあるんだろうか……と、わたしは不思議に思ったよ。

——だが、今日の客人たちの国では違うらしい。口々に、わたしを美しい美しいと褒めたたえてくれた。その想いがわたしに力を与え、お前の目にこうして触れることができた。

——じゃあ、今日からはいつでもぼくと会えるの？

——いいや。

彼は寂しそうに、どこか諦《あきら》めたような顔で首を振った。

——たぶん、今夜きりだ。

——そんな……。

わたしは胸を痛めた。彼にもう会えない悲しさよりも、この美しい人がずっと、誰にもその存在を認めてもらえないまま、どこかにひとりぼっちでいるのかと思うと、そちらのほうがたまらない気持ちになった。

するとその人は、やさしげにふわりと微笑《ほほえ》んで、わたしを見た。

——綾太郎、わたしがこうしてお前の前に出てきたのは、お前が「旅立つ子」だからだ。

——えっ？

——お前はわたしを愛でてくれたが、あまり長くはわたしのもとにはいないだろう。美しいものへの愛情が、お前をこの家から旅立たせるだろう……皮肉なことだがな。

彼は涙をこらえるように、横を向いて黙った。コツコツと、柱時計の音だけが響いていた。

——でも、どうか離れても、わたしのことを忘れないでくれ。わたしも、この周囲のわたしの仲間たちも、いつまで存在できるかわからない。また戦争で空襲があるかもしれないし、地震で壊れるかもしれないし、火事に遭《あ》うかもしれないし……。そうならなくても、家人の愛情がなくなれば、いつ取り壊されるか……。

取り壊される。その言葉でわたしはやっと悟った。

彼はこの家そのものなのだ。この家の精霊《せいれい》なのだ。そう言えば、この逢沢邸は、わたしの高祖父が明治の頃にわざわざ部材を欧州から取り寄せて建てたと聞いたことがある。だから彼は、こんな西洋人の姿でわたしの前に現われたのだ——と。

その解釈は、たぶん間違っていないと今も思っている。ただ、彼の姿かたちについては、おそらくわたしの好みとか願望とかを反映したものだったのだろうけれどね。

——そんなこと、ないよ。

わたしは必死に告げた。

——そんなことない、たとえ旅立っても、ぼくは必ずこの家に帰ってくる……！

——綾太郎……。

——約束する。約束するよ。だから……またぼくに会って？　あなたもぼくに約束して？　ぼくが帰ってくるのを待つって。お願い。

またしばらく、コツコツと時計の音だけが響いた。

——そうだな。

苦笑混じりに、黒衣を着た美しい人は頷《うなず》いた。

——約束をしよう、綾太郎。

彼はショコラのカップを取り上げた。

——わたしはまた、必ず君に会う。だからお前も、必ずこの家に戻っておいで。

——うん、約束。

頷いたわたしに、彼は本当に美しい微笑を浮かべた。

——お前が大人なら、ワインかシャンパンを抜くんだが……。

今夜はこれで乾杯だ——と彼は言った。わたしは喜んでカップを掲げ、大きな声で「乾杯！」と応《こた》えた。

だが成長したわたしは、そんな出来事などすっかり忘れてしまった。ご多聞《たぶん》に漏れず、思春期の男は思い煩《わずら》うことが多くてね。

ましてわたしは、当時は人に知られたら破滅するしかない性癖《せいへき》の持ち主で、そのことで、祖父や父とは、そりゃあ深刻な喧嘩をやらかしたものだから。

……「彼」のことを思い出したのは、年を取ってもういいかげんおじいさんと呼ばれるぐらいになってからだよ。もちろんその頃には、祖父も父も母もこの世の人じゃなかったし、わたしも性癖を堂々と公開して生きていた。

時の流れは、ありとあらゆるものを洗い流し、どれほどつらい出来事も、悩み抜いた葛藤《かっとう》も、他愛《たあい》のない思い出にしてしまうものだ。

いろんなことがあって、日本を飛び出して、またいろんなことがあって、愛した人も何人もいて、何度もつらい別れを経験して——それからやっと、わたしはまた「彼」に巡り合ったんだ。

もちろん、ルネは「彼」そのものではなかったけれどね。でもわたしはルネをひと目見た時、「彼」がとうとうわたしを、あの家に連れ戻しに来たのだと悟ったんだよ。

——わたしはまた、必ず君に会う。だからお前も、必ずこの家に戻っておいで……。

彼は約束を守ったんだと。

彼との約束を果たす時が、とうとうやって来たんだと——。

わたしはもうすっかり皺《しわ》くちゃのおじいさんで、ルネとはずいぶん年の差が開いてしまっていたが……わたしたちは恋人同士になった。

いや――本当は、初恋の「彼」と、かな……？

病気が発覚したあと、ルネに「日本に帰ろうと思う」と告げたのは、余生を懐かしい故郷で過ごしたいというよりも、早くあの家に帰らなくては、という焦《あせ》りのような気持ちを抱いたからだった。わたしはあの夜のことを、すっかり遠い記憶の彼方《かなた》に押しやっていたのに、彼はこんなおじいちゃんになってしまったわたしに、また会うという約束を果たしてくれたんだ。だから、わたしも彼のところへ帰らなくては――とね。

また子供の頃のように、自分の生まれ育った家を愛して暮らそう。思春期以来の家族に対する憎悪や、因習的な家に対する嫌悪とはもう別れて、美しく楽しい思い出への愛だけに満ちて暮らそう――。

遠い異国へ一緒に来てくれる若い恋人の手を握りしめながら、わたしはそう決意したんだ。

◇　◇

そいつが現われたのは、日本に帰ってすぐの頃だったかな。

あの幼い日のクリスマスの夜、階段の手すり越しにあの人の姿を見たわたしのように、そいつは旧逢沢邸――屋敷はわたしの名義だったから、正確に言えば「旧」ではないのだけれど、人が住まなくなって長い家は、いつの間にか周辺の住民たちにそう呼ばれるようになっていた――の敷地を囲む柵《さく》の間から、じっとこちらを見ていた。

いいや、こちら、ではないな――。そいつはほとんどルネしか見ていなかったから。

わたしには、そいつが誰であるかも、そいつが何をしているかもすぐにわかったよ。何しろそいつは、若い頃のわたし自身に瓜《うり》ふたつだったからね。

――そういえば、わたしには孫がいたんだった。

わたしは薄情にも、その時やっと思い出したんだ。孫と言っても、直接の血の繋《つな》がりはない。血縁上は、妹の孫――大甥だ。だからそんなに似ているはずがないのに、そいつは何か悪い冗談のように、わたしの若い頃にそっくりだった。

――その、食いついてくるかのような目……！

わたしは思わず失笑しそうになった。こいつ、ルネに惚《ほ》れたな。見事にひと目惚れしたな……って。わかるさ。だって、わたしも「あの人」を見た時、そしてルネに出会った時、まったく同じ顔をしていただろうからね。

「タロー、どうしたんですか？」

冬の陽光を浴びながら本を読んでいたルネが、不思議そうに首を傾げた。柵の向こうからの視線に、気づいている様子はない。

「あー……」

わたしは一瞬、男の存在を教えてやろうか、と思ったが、止した。

自分の恋人への横恋慕《よこれんぼ》を助けてやる馬鹿はいないだろう。いくら余命の知れた年寄りでも、まだそこまで男として枯れてはいない。

わたしはルネに手を伸ばし、彼の金髪に触れて、告げた。

「何でもない。山茶花《さざんか》に見蕩れていただけさ」

ここで、自分がそばにいるのに花に見蕩れていたのか、などと拗ねるようなルネではない。彼はふっと素直に微笑んで頷いた。

「確かに、綺麗《きれい》ですね。ろくに手入れもしていないのに、こんなに瑞々《みずみず》しい花を咲かせてくれるなんて——」

「優美で繊細《せんさい》そうに見えて、丈夫で生命力の強い木だからね。でもさすがに、何も手を入れないのは限界かもしれない」

「じゃあ春になったら、土に肥料を入れてみましょうか？　そうすれば来年には、もっと綺麗に咲くかもしれません」

「そうだね、そうしよう——……」

そう応えながら、わたしはふっと言いようのない気持ちが湧《わ》くのを感じた。

——わたしにとってこの子は最後の恋人だ。でも、この子にとってのわたしは、たぶんそうではないだろう……。

不埒《ふらち》な横恋慕男は、いつのまにか消えていた。だがあの様子では、近々何かアプローチをしてくるかもしれない。

だがたとえそうなっても、ルネは簡単に心変わりするような子ではない。妖精のようにこの世ならぬ美しさを持って生まれてきたが、その中身は誠実で生真面目《きまじめ》だ。

――でも、さすがに生涯わたしにだけ愛情を捧げてくれはしないだろう。あの男のように、この美しさとやさしさに惹《ひ》かれる奴は、今後ぞろぞろと現われるだろうし――……。

「ルネ」

「……何ですか?」

夕闇のような碧《あお》い目が、わたしを見つめる。

――せめて、あの男にしてくれないか。

わたしは告げかけた言葉を飲み込んだ。とりあえず今は、一心にわたしを愛してくれているルネに、その言葉は冒瀆《ぼうとく》だった。

――わたし以外の男と添うのなら、せめて、わたしの血と容貌《ようぼう》を受け継ぐ、あの男に……。

そんなことを言えば、ルネは傷つき、怒るだろう。いつかは死に別れることを覚悟の恋を、この子は勇気と誇りを持って選んでくれたのだから……。

「そろそろ寒いな、家に入ろう」

「ええ、そうですね。熱いショコラでも淹《い》れましょうか。体が温まりますから」

「いいね、お前の淹れてくれたショコラは絶品だからね――」

わたしは立ち上がり、ややよろけながら庭を去る。ルネはそんなわたしを、右側からさりげなく支えてくれる。

――この子は、わたしの願いを叶えてくれるだろうか?

おそらくはこの家の精霊の化身であるこの子は、無事にわたしから次の恋人の手に渡ってくれるだろうか――。

「ルネ」

「はい？」

応接間に落ち着いたわたしに、厨房から返事が返ってくる。

「いずれお前に、最高の贈り物をあげよう。受け取ってもらえるかな？」

「最高の――？　何ですか……？」

甘い香りを放つショコラのカップをふたつ運んできながら、ルネは双眸《そうぼう》を瞬《また》く。

わたしは、心の中でだけ告げる。

――お前自身を、最高の贈り物にするものさ……。

あの夜のあの人と同じ、クラシカルな黒い絹服を纏うルネを思い描きながら、わたしはショコラのカップを取り上げた。

あとがき

BL《ボーイズラブ》をこよなく愛する素晴らしき世界の皆さま。ごきげんよう。高原《たかはら》いちかです。
さて今回のお話は、「小説リンクス」二〇一二年六月号に掲載していただきました中編「過ぎし日の終わりに」を全面改稿し、さらにスピンオフ短編をふたつ書き足したものです。デビュー直後の古いお話なので、年数が経ったいまの目で読み返してみると色々とアラが目につき、思い切ってほぼ全部書き直させていただきました。ストーリーや結末は昔のままですが、主人公たちの名前も変わっていますし、展開上やむを得ず削った場面などもあるので、旧掲載作を読まれた方には「あのシーンがない！」「お気に入りだったセリフが変更されてるー！」ということがあるかもしれません。もしそうでしたらご容赦下さいませ。

蛇足ながらスピンオフについて解説を。
★「あなたの右で、ぼくの左で」
謎の多い男として登場した攻めの静《しずか》が、本当はどういう人物かをもう少し詳しく書きたくて、彼の悪友に登場してもらったんですが……今どき「ザギン」とか言うんですかね(笑)

ぼっちの越後屋《えちご》クンに幸《さち》あれかし。

★「絹服の妖精《シルキー》」
旧逢沢邸《あいざわ》にまつわる妖異譚です。やっぱり古い屋敷にはお化けが住んでいないとね！
ところで「彼」は男性なので「シルキー」にしましたが、本来絹服の妖精は女性で白いドレス姿、王室などでは一族の身に変事があることを予言するように出現するとされ、「白い貴婦人《ダム・ブランシュ》」と呼ばれます。なおルネの姓が「ブランシュ」なのは、この精霊のことを知る以前の旧作執筆時に、綺麗な響きだけを意識して設定したので、本当に偶然の一致です。小説を書いているとこういう奇妙な現象がたまに起こります。

奇しくも東野海《とうのうみ》先生とは二冊連続でお仕事ご一緒することとなりました。綺麗な妖精さんなルネと、現実主義者に見えて実はロマンチストな静をありがとうございます。そしてこの本を手に取って下さったすべての方に、愛と感謝を込めて。

平成二十八年一〇月末日

高原いちか　拝

初　出

喪服の情人	2012年 小説リンクス6月号掲載を加筆修正・改題
あなたの右で、ぼくの左で	書き下ろし
絹服の妖精	書き下ろし

この本を読んでのご意見・ご感想をお寄せ下さい。

〒151-0051
東京都渋谷区千駄ヶ谷4-9-7
(株)幻冬舎コミックス　リンクス編集部
「高《たか》原《はら》いちか先生」係／「東《とう》野《の》 海《うみ》先生」係

リンクス ロマンス

喪服の情人

2016年10月31日　第1刷発行

著者……………高《たか》原《はら》いちか
発行人…………石原正康
発行元…………株式会社　幻冬舎コミックス
〒151-0051　東京都渋谷区千駄ヶ谷4-9-7
TEL 03-5411-6431（編集）
発売元…………株式会社　幻冬舎
〒151-0051　東京都渋谷区千駄ヶ谷4-9-7
TEL 03-5411-6222（営業）
振替00120-8-767643
印刷・製本所…共同印刷株式会社
検印廃止

ISBN978-4-344-83831-4 C0293
Printed in Japan

幻冬舎コミックスホームページ　http://www.gentosha-comics.net